あの、最初に言っておくけど
馴れ合いは勘弁してほしい
じつは義妹《いもうと》でした。
～最近できた
義理の弟の距離感が
やたら近いわけ～

あははは、また勝っちゃった♪
兄貴とゲームやるの、
ホント好きー
それはよかったけど、
近づきすぎだ
晶
Akira
高校1年生。親の再婚でできた、
義理のきょうだい。
最初は新しい家族に
距離を取ろうとしていたけど、
涼太の献身的な態度で、
徐々に兄に惹かれていく

事実がわかって……
まさか、ずっと弟だと思ってたなんて……
それで僕と距離取ろうとするなんて、ずるいよ

真嶋涼太
Majima Ryota
高校2年生。
弟ができたことを喜び、
晶が馴染めるように
積極的に行動する。
だけど、1つ大きな
勘違いをしていて──!?

ど、どうかな、兄貴。
僕に似合ってる……？
前よりさらに距離は縮まり……

昔から、
一緒に寝るのって
憧れてたんだー
!?

ちょっと腕
借りていい？

上田ひなた
Ueda Hinata
光惺の妹で、
涼太とも仲の良い高1女子。
献身的で、
世話焼きな兄想い。
晶ちゃん、めちゃくちゃ
可愛いじゃないですか！
この子を弟だと
勘違いしてたって、
お前どうかしてるぞ
上田光惺
Ueda Kousei
涼太の友人。
面倒くさがりで、雑な性格。
晶のことを想う涼太に、
助け舟を出す
一面も……

じつは義妹《いもうと》でした。
～最近できた義理の弟の距離感がやたら近いわけ～

白井ムク

ファンタジア文庫

3138

口絵・本文イラスト　千種みのり

contents

プロローグ

夏休み終盤のある晩のこと、俺はベッドで背中に一人分の熱と重みを載せていた。

「晶《あきら》、そろそろ降りてくれ。いい加減重くてしんどい……」

「もうちょいこのまま――っと、兄貴、いきなり揺れないで！　操作ミスったし！」

「はぁ、そりゃすまないな……」

さっきから俺の頭上でソシャゲの音が鳴り響いている。

ベッドにうつ伏せになって漫画を読んでいるのは、高二の俺こと真嶋《まじま》涼太《りょうた》。

その俺の上で、さらにうつ伏せになってソシャゲを楽しんでいるのは高一の晶だ。

どうして俺が晶とベッドのサンドイッチ状態になっているのか？

こいつ曰《いわ》く、「兄貴の背中は僕のベスポジだから」とのこと。

そもそも高校生にもなってこの密着性はなんだか不自然な気もする。というよりも気まずい。気まずくないふりはしているが、それでも、やっぱり、気まずいものは気まずい。

俺が「あとどれくらい？」と聞くと、晶は「あと五分くらい？」と返してくる。さっきからその繰り返しで、かれこれ二十分以上この状態が続いていた。

「あちゃ～、また負けちゃった……」

「じゃあもう降りてくれ」

「やだ。もっかいする」

「おい晶、俺だってもう限界だって――」

「ちょっ兄貴！　うわっ！」

俺が急に腕をついて上体を起こそうとしたせいで、晶はバランスを崩してそのまま落ちた。

ベッドの上で晶の軽い身体《からだ》がちょっとだけ跳ねる。

「あ、悪いっ！」

「もう！　いきなり立ち上がらないでよ～！」

「すまん、つい……」

「ごめんって思ってるなら……今晩一緒に寝る？」

「なんでそうなる！」

「いいよね、一緒に寝るくらい？　僕、前から『きょうだい』で寝ることに憧れてたんだあ」

「いやいや、良くないって……。この歳《とし》になって『きょうだい』で寝るのは……」

するとと晶は悪戯《いたずら》っぽい顔で俺を見た。

「……兄貴、僕に対していろいろしたよね？　僕のお願いいくらい聞いてくれてもいいんじゃない？」

「いや、それに関しては、大変申し訳ないと……。でも、ちょっと、寝るのはなぁ～……」

「……な～んて、ずるいこと言っちゃった。ごめん兄貴、困らせちゃったね？」

俺が「なんだ冗談か」とほっとしたのも束《つか》の間《ま》、晶は俺の布団《ふとん》に潜り込んだ。

「まあいいや。じゃあお休み～……」

「おい、晶」

「むにゃむにゃ～……」

「俺の布団で寝るなよ～……」

つくづく、弟だったらなぁ、と思う。

弟だったらいい。

弟だったら背中の上に載せてソシャゲをするのもありだ。

弟だったら背中から振り落としてもきっと気を使う必要もないだろう。

弟だったら一緒に寝ることも……ありかもしれない。

寝たふりをしたままの晶を見ながら、俺は「弟だったら」の前置きを「妹だから」に変換してみる。

後の文の結果がそのままだったら問題ない。けれど、導き出された結果がまったくべつのものになってしまうのは、俺が晶をもう弟だと、同性だとは思っていないから。

ほんの数日前まで俺は晶に対し、冗談では済まないような勘違いをしたまま接してしまっていた。

そもそも、どうしてそんな勘違いをしてしまったのか？

それに、そのことを誰かに話せばどんな反応をするだろうか？

――義理の弟だと思っていた晶が「じつは義妹《いもうと》でした」なんて言ったら……。

馬鹿にされるか、呆《あき》れられるか、そんなことはわかりきっている。

知りたいのはその先の反応。俺と晶が周囲からどんな目で見られるのか。

いや、周りのことよりも今は俺と晶の関係が問題だ。

俺は、この無防備で、弟みたいに距離が近い義妹とどう接していけばいいのだろう？

晶の兄として、俺はこの数日間そのことについて悩み続けている。

とにかく晶。
お前は義理の弟じゃなくて、
義妹《いもうと》で、
女の子で、
可愛《かわい》すぎて、
とにかく困る……。

第1話「じつは父親が再婚することになりまして……」

あれは、七月に入って間もなくのころだった。

その日、俺と親父《おやじ》が少し遅めの夕飯をとっていると、「そういえば」と親父が思い出したように口を開いた。

「今日、駅で外国人に話しかけられたんだ」

また始まったか、と内心でため息をついた。

親父と食事をとりながら話す内容なんて大概どうでもいいことばかり。

ただ、最初から無視するのも気の毒なので、「それでどうした？」と、ちょっとだけ耳を傾けておいた。最低限の親孝行のつもりで。

「俺じゃあ手に負えそうになかったから駅員さんのところに連れてったよ」

「へ～、それは良《い》いことしたなぁ親父」

「やっぱり英会話教室に通った方がいいかな？」

「たぶんムダ金になるだろうからやめておけ」

親父が仕事帰りに買ってきた惣菜《そうざい》の唐揚げを口に運ぶ。嚙《か》むごとに肉汁がじゅわっと広がると、親父のどうでもいい話もどこかに溶けてなくなった。

「美味《うま》いな、これ」

「だろ？　――それで、父さん再婚したいんだけど、いいかな？」

「へ～、再婚ねぇ～……――ゲホッゲホッ!?」

俺は盛大にむせかえり、慌てて麦茶を口に運んだ。

「――さ、再婚!?　はぁっ!?」

「はははは、いい反応をするなぁ」

「いやいや、流れ流れ！　会話の流れを考えろよ親父！」

第一に、「それで」の使い方が間違っている。第二に、再婚なんて言葉は駅で外国人どうのこうのの話の流れにまかせて言っていいはずがない。

本来ならもっとテンプレ的なやつがあるはず。ほら、「涼太《りょうた》、大事な話があるからそこに座りなさい」とか。

なおも悪びれもせずけらけらと笑う親父を睨《にら》みつけた。

俺はたまにこの親父がよくわからないときがある。

今がまさにそれ。

今日のはまだ序の口だが、この親父ときたら年に一度は必ずなにか大きなことをやらかす。

「親父、ちゃんと説明しろ。再婚するってどういうことだ？　本気か？」

「真面目な話、父さんは再婚しようと思ってるんだが、涼太はどう思う？」

「へ～……。――それって再婚願望？」

「いや、相手はもういるんだ」

「……今日は俺の誕生日でもないのにどういうドッキリ？」

「いやいや、だからドッキリじゃないって」

「あのさ、オオカミ少年の寓話《ぐうわ》って読んだことある？　嘘《うそ》つきまくったら最後に誰からも信用されなくなっちゃうんだぜ？」

だからあの女に――と喉元まで出かかった。

離婚の原因は知っている。

オオカミ少年はあの女のほうだった。

親父とそのことについて話したことは一度もない。

今までその話題に触れずに過ごしてきたのだが、よりによってまさか再婚話がここで持ち上がるとは思いもよらなかった。

「父さん、お前にドッキリは何度も仕掛けてきたが嘘をついたことは一度もないぞ？」

「いやいや、やることなすこと胡散臭《うさんくさ》いんだよ親父は……。──で、いちおう聞いてあげるけど、そんな胡散臭い親父に引っかかった残念な女《ひと》はどこの誰？」

「相手は撮影の現場で知り合った人で富永美由貴《とみながみゆき》さんって言うんだ。フリーランスのメイクさんでねー。これがかなりイケてる人なんだ！」

親父はよほど再婚相手の容姿を自慢したいらしい。にやつく顔がひたすらうざい。

それよりもまず、よく懲りずに再婚なんてできるものだと呆れる。

「へ～……。まあいいんじゃないか？　で、その人とは付き合ってどれくらいなの？」

「もうかれこれ二年になるなー」

「二年⁉　いや、再婚よりそっちのほうが驚きだ！　俺に隠れて二年もその人と付き合ってたのかよ⁉」

「まあほら、お前、鈍感だし」

「その言い方うぜぇ……。──それで、写真とか持ってないの？」

「それは顔合わせまでのお楽しみだな。あんまり綺麗《きれい》だからって俺の嫁に手ぇ出すなよ？」

「出さねぇよ……」

親父はがははと豪快に笑い、卓上のカレンダーを指差した。

「顔合わせは来週の土曜だ」

「それはまた随分と急な話だな……。今週中に髪切りに行かないと」

「それとお前にもう一つ朗報がある。ふっふっふー……」

「……なんだよ？　もったいぶらずに教えろよ？」

するとと親父は少し溜《た》めてから口を開いたのだが――

「なんとお前に兄妹ができるんだ」

「きょ……兄弟!?」

――おわかりいただけただろうか？

俺と親父の認識はこのときもうすでにずれていた。

筆談だったら起こり得ないような同音異義的に発生した認識のずれ。

そう。

俺はてっきり男兄弟ができるものだと勘違いしてしまったのだ。

一人っ子で育った俺は、以前から兄弟というものにちょっとばかり憧れを抱いていた。

そのせいもあって、『きょうだい』というワードに過剰反応。

結果、すっかり舞い上がってしまい、そして——

「お前の一つ下で高一だから、お前が兄貴になるな～」

「やった！　ナイス再婚だぜ親父！」

「あそう？　じゃあいいんだな？　本当に再婚しちゃうけど？」

「もちろんだ！　兄弟かぁ～……楽しみだなぁー！」

——このとき重大な見落としがあったことに気付かなかったのだ。

もしここで親父が「妹だ」と言ってくれていたら……いや、恨み言はよそう。

もしここで俺が弟か妹かを訊《き》いていたら、心の準備だってできていたはずなのに……。

まあ、『きょうだい』ができるかできないかは関係なく、親父の再婚には口を出さないつもりではいたのだが。

＊　＊　＊

補足しておくと、リアルな兄弟関係は面倒臭いという認識はそれなりにある。

特に兄弟同士の年齢が近いと、弟は兄を同列に見て育つため、兄が持っているものはなんでも欲しがる傾向にあるそうだ。

さらに、弟は兄に負けられないというプレッシャーで勝負事や順番にこだわるらしい。これが兄弟喧嘩《げんか》の元となることもあるという。

歴史的に見ても、兄弟同士の骨肉の争いは国を巻き込んだ戦争になることもある。源《みなもとのよりとも》頼朝と義経《よしつね》しかり、唐《とう》の太宗《たいそう》とその兄もまた。暗い歴史は繰り返してはならない。

目指すとするなら、三国志《さんごくし》の関羽《かんう》と張飛《ちょうひ》が理想的だな。

そんなことを考えながら、俺は顔合わせの店に向かっていた。

親父はなにか急な仕事が入ったからというので仕事場から直接向かうらしい。こんな大事な日だというのに映画美術の仕事もなかなかに大変のようだ。

仕方なく、俺は時間通りに指定されていた場所に向かっていた。ただ、足取りは重かった。

先に着いて向こうの家族と一緒になったらかなりバツが悪い。考えただけで緊張する。

「こういうときこそ親同伴で向かうべきだろ……」

不満たらたらに歩いていると、道の先でスマホを片手にうろうろと行ったり来たりを繰り返している人影があった。

思わず目がいってしまったのは、その服装が特徴的だったから。

夏だというのにダボっとしたパーカー姿で、割とタイトなジーンズを穿《は》いた足の細い少年。
その背格好から中学生くらいだろうか。
それとなく俺はそばを通り過ぎた。
しかし、ポツリと「どうしよう」と困っているような声が聞こえてきた。
遅れる口実ができた。
「――君、どうしたの？」
人助けをしていたのなら顔合わせに遅れても大義名分が立つだろう。
そんな打算的な考えで声をかけた。
少年は「え？」と振り返る。
だが、次の瞬間、俺は息を呑《の》んだ――
男子にしては長髪、セミショートといったところだろうか。
その鬱陶しそうな前髪の下から覗《のぞ》かせる美しく整った中性的な顔立ち。
長い睫毛《まつげ》にはっきりとした二重の目。
そして血色の良い柔らかそうな唇。
――彼は、同性でも思わず見《み》とれてしまうほどの美少年だった。
声をかけた途端に気まずくなった。面食《めんく》らうとはこのことだろう。

「あの、なんですか……？」

少年が訝《いぶか》しむような目で俺を見た。

「あ、ああ……いや、なんでもない」

「そうですか。では失礼しま——」

「あ、ちょっと待った！」

「はい？　僕に、なにか用ですか？」

今度は警戒しているのか、俺から少し距離をとる。

慌てて俺は笑顔を作る。胡散臭いことこの上ないが、それでもまだマシだろう。

「なにか困ってるんじゃないかと思ってね」

「たしかに困ってはいますけど……」

あなたには関係ないですよね？　と言いたそうな顔をしている。

ふと少年の手元を見ると、握られたスマホの地図アプリがくるくると動いていた。

「もしかして、道に迷ったの？」

「ま、まあ……」

「それで、これからどこに行くの？」

「僕がどこに行くか、あなたに関係あるんですか？」

「ないけど、もしかすると道案内できるんじゃないかって思って」

「もしかして、ナンパですか？」

「……は？」

一瞬戸惑った。

たしかにジェンダーレスが叫ばれて久しい昨今、男が男に声をかけるパターンだってあるし、おかしくはないだろう。

しかし、俺が興味があるのは女の子であって、少年をナンパしたりはしない。というかナンパ自体しないし、俺にそんな度胸はない。

この少年は容姿が良《い》いだけに、男性から声をかけられた経験があるのかもしれない。

「悪いけど君には一ミリも興味はないから安心して」

「その言い方はなんだか引っかかるものがありますね……」

「あっそ。困ってないなら先に行くから――」

「あ、ちょっと待ってください！」

引き止められて振り返ると、少年は両腕を胸の前でがっちり組んで俺を睨《にら》んでいた。

「……なに？」

「ほ、本当に道案内だけですか？」

「それだけのつもりで最初から声をかけてるんだけど？」

「だったら声をかけられてあげます……」

生意気なやつだな、とは思った。言い方も、言い回しも、面白いほど可愛《かわい》くない。

ただまあ、顔立ちも身長もやはり中学生。声変わりすらしていないところを加味して、ここは年上としての度量の広さを見せておこう。そのほうが将来この子のためになる……かもしれない。

「で、どこに行きたいの？」

「えっと……この『洋風ダイニング・カノン』ってお店に……」

俺は思わず目を見開いた。

「おっと、奇遇だな」

「え？」

「俺も今、その店に向かってる途中だったんだよ」

行き先が重なるとはなんたる偶然。残念なことに相手は美女ではないし、遅れる口実を作りたかっただけなのだが、これはこれで仕方がないか。

「……やっぱりナンパですか？」

「違うって。本当に用事があるの」

「そうですか……」

「じゃあ一緒に行こうか」

「とか言って、へ、変な場所に連れて行こうとしてませんか？」

「心配なら俺の後ろを離れて歩けばいいよ。俺は勝手に行くから。じゃあ――」

俺が歩き出してしばらくすると、後ろから靴音が駆け寄ってきた。

街頭のショーウィンドウに反射して、俺のすぐ後ろに少年がついてくるのが見える。

彼は緊張のためか店に向かうあいだ終始無言だった。

一方の俺はというと、彼の前を歩きながら思わずにやけてしまうのを我慢していた。

なんだ、可愛いところあるじゃないか。

そうして俺はその少年を背後に感じながら目的地まで向かった。

＊　＊　＊

「着いたぞ。ここだ」

「本当だ。『洋風ダイニング・カノン』って書いてある」

俺と少年は店の前で看板を見上げた。

この店ができたのはちょうど二年くらい前で、俺もたまに親父《おやじ》と一緒に来る。

じつは親父の昔の仕事仲間がやっている店で、店内に飾られている雰囲気のいい電飾や小物は、なにかの映画で使われた物を開店記念にと貰《もら》ったものなのだそうだ。

「じゃあ僕はここで人を待ちますから……」

「そっか。じゃあ俺は先に入らせてもらうよ。——じゃあな」

「あの」

「ん？　なんだ？」

「疑ってごめんなさい……」

少年は素直に頭を下げた。俺はまた笑顔を作る。

「そこは連れてきてくれてありがとう、だろ？」

「あ……。ありがとう、ございました……」

照れ臭そうに言った顔がなんだか可愛らしくて、俺は気分良くドアベルを鳴らした。

洒落《しゃれ》た店内を見渡すと、奥のテーブルでこちらに手を振っている親父が見えた。

「一人で来させて悪かったな」

「いいって。それより、ちゃんと間に合ったんだな？」

「ああ。大事な日だし、もう突貫で終わらせてきた」

どこか緊張している親父の雰囲気にあてられて俺まで緊張してくる。

それもそうか。

これから自分の義母《はは》になる人と義弟《おとうと》になる人に会う。写真すら見せてもらっていないので、どんな人たちなのか気になって仕方がない。

親父の言葉を適当に聞き流しながら、俺は未来の弟について想像した。趣味や性格や容姿、どんなものが好きで、どんな人生を歩んできたのか、そんなことを。

そうして富永親子を待っていると、しばらくしてそれらしい人影が入り口からこちらに向かってくるのが見えた。

親父が立ち上がって軽く手を振る。俺も親父に倣《なら》って席から立った。

「お待たせ、太一《たいち》さん」

「いやいや俺たちも今きたところで。美由貴さん、道に迷わなかった？」

「ええ。──あ、あなたが涼太くんね？　お父さんとお付き合いさせてもらっている美由貴です。よろしくね」

美由貴さんは軽くそう言うと、今度は深々と頭を下げた。

第一印象は、若々しいだけではなく礼儀正しい。

再び顔を上げたところをよく見ると、三十歳くらいで時間が止まっているのではないかと思うほどの美女だった。化粧映えのする端整な顔立ちと、明るく染めた髪がそう見せているのかもしれない。

そして柔和な笑顔は母性に溢《あふ》れ、どこかおっとりとしていて、自分が子供なら周りに自慢したくなるような綺麗《きれい》な母親、という印象だった。

一方で、目のやり場に困った。

子供を産んだというのにスタイルが崩れていない。しかもどこか蠱惑《こわく》的で、淫逸な感じがして、男を堕落させるのに十分な魅力を兼ね備えている。

要するに、とんでもなく魅力的な身体《からだ》つきだった。

これから母親になる人をそんな目で見てはいけない。わかっていても自然と目が吸い寄せられてしまうのが男の性《さが》というものだろう。

こんな人と一つ屋根の下で暮らすなんて刺激的すぎやしないか？

そんなことを考えていたら、美由貴さんの後ろからのっそりと付いてくる人影が見えた。

その姿に見覚えがあった。

「あれ？　君はさっきの」

「あ……」

俺が道案内をした、多少生意気で警戒心の強い、あの少年だった。

まさか、彼が俺の弟になる人だったのか。

ということは中学生ではなく俺の一つ下、高校一年生。その割には成長が遅いみたいだ。

「ん？　二人は知り合いか？」

「ああ、うん、まあ……。ちょっと表で会ってね」

俺は気後れしながらも笑顔を作り、

「改めて、俺は真嶋《まじま》涼太。えっと、君は――」

と、右の手を未来の弟に差し出した。しかし――

「あの、最初に言っておくけど馴《な》れ合いは勘弁してほしい」

――差し出した右手は虚《むな》しく空を切った。

「え……？」

思わず笑顔が引きつってしまう。

「あと、おじさんもそれでよろしくお願いします」

しかも飛び火した。

親父の顔を見ると、「え、あ、うっ……」と言葉を詰まらせている。

慌てた様子で美由貴さんが少年をたしなめた。

「晶《あきら》っ！　もうすみません、うちの子ったらこんな言い方しかできなくて～……。この子は私の子供で晶です。――ほら晶、あなたも！」

「どーも」

彼はぶっきらぼうにそう言うと、ポケットからスマホを取り出して弄《いじ》り始めた。

「あははは……徐々に俺たち親子に馴れてくれたら嬉《うれ》しいなぁ、なんて……」

親父はそう言ったが、彼は「ですね」と流すように言った。

「と、とにかく座りましょ！　ね？」

再婚を目の前にしてなんだか不穏な空気が流れる。

反抗期なのか、反抗する意志をもったやつなのかはわからない。もしかしたらただの人見知りなのかもしれないし、緊張しているだけなのかも。

きちんと謝ったり「ありがとう」を言えるやつだったのは確か。打ち解けたら、あるいは……。

ここは親父と美由貴さんの援護をしつつ、この晶くんとやらの様子を見よう。

その前に、差し出したままのこの右手は引っ込めておこうか。

＊＊＊

その後、俺たちは料理を囲みながら差《さ》し障《さわ》りのない程度の会話をしつつ、それでもなんとかこの場の雰囲気を盛り上げようと必死に言葉を繋《つな》いでいた。

俺は終始、親父と美由貴さんの話に加わってウンウンと相槌《あいづち》を打っていた。

というか、もはやそうするしかなかった。

この一時間弱、俺や親父が晶に話しかけて返ってきた言葉は、「うん」「はあ?」「はい」「いいえ」「さあ?」「そうですね」「どうでしょう?」だけ。

そんな無愛想でぶっきらぼうな晶に話しかけるのもほとほと疲れ、俺はただ大人二人の話を聞いて相槌を打つだけの首ふり人形に徹することにした。

たまに晶と目が合うが、合ったそばから不機嫌そうに視線を逸《そ》らされる。

せっかく兄弟になるのだから仲良くしたいのに、よくはわからないが俺は嫌われてしまったらしい。

そうして顔合わせも終盤に差しかかり、ようやく和やかな雰囲気(若干一名除く)になりつつあった。

だが、そこで親父がなにを血迷ったのか、「はい」と晶にメニューを差し出したのである。

「そろそろデザートを頼もうと思うけど、なにがいいかな？」

ごく稀《まれ》に見る親父の柔和な笑顔。

駆け引きも懐柔の意図もない、ただ純粋な思いやり、気遣いからの言葉は、

「今日はそういう気分じゃないんで」

と粉々に打ち砕かれた。

「うぐっ……」

親父は呻《うめ》いたが、メニューを差し出したのが俺だったら吐いてるかもしれない。

「ちょっと晶！　──あ、太一さん！　私このショートケーキがいいなぁ、なんて……」

「お、俺も美由貴さんと同じものにしようかなぁ、あははは……」

また大人たちがひたすら愛想笑《あいそわら》いを始める。俺はだいぶ引いていた。

一方の晶は我関せずという感じで、ぶっきらぼうな態度をとったままソフトドリンクをちびちびやっている。

空気が読めないのかあえて読んでいないのかはわからないが、わかったことが一つだけある。

——最初から再婚には反対なんだな、こいつは。

心の底からため息が溢れ出そうなのを我慢して、俺はトイレに向かった。

＊＊＊

用を足してトイレから出ると「あの」とトイレの前で声をかけられた。

晶だった。俺が出るのを待っていたらしい。しきりに右手で左の肘を撫《な》でていた。

「なに？」

思わずぶっきらぼうな返しをしてしまう。

慌てて笑顔を作ったが、今日はひたすら笑顔の作りっぱなしで顔が引きつる。

「さっき……というか会ってからずっと冷たい態度をとってたから、その——」

晶はためらいながら、「ごめんなさい」とまた謝った。

「……気にしなくていいよ。なんとなくわかるから。君、親の再婚には反対なんだろ？」

「ちがっ、そうじゃなくて——」

今度は顔を赤くし、慌てた様子で言葉を繋いだ。

「——僕は母さんたちの再婚には反対してないよ、ほんと！」

意外だった。

最初から再婚がダメというわけではないらしい。

「でも、互いの領分っていうの？　侵害しないようにして欲しいってだけ……」

侵害という言葉が妙に引っかかる。

彼がなにを守ろうとしているのか気にはなったが、まだ関係ができていない以上、あまり深く掘って訊《き》くべきではないと思った。

「これから家族になるんだから、その中で擦り合わせていけばいいんじゃないかな？」

「そうだよね。一緒に住むんだし、そのうち――」

「いや、家族になることと一緒に住むことはまったく別物だ」

「え？　どういうこと？」

「そうだな……。君は家族ってなんだと思う？」

「やっぱり、一緒に生活する人かな。それぞれの役割を果たすことで成立する共同体的な？」

「たしかにそれも一つの意見で筋は通るな」

「君の意見は違うの？」

「そうだなー……――」

俺は顎に手を置いた。

言うべきかは迷ったが、「家族」についての俺の答えは前々から決まっている。

「──メンデルの法則には血が通っていない、ってところかな？」

晶は顔をしかめた。

「えっと……。つまり、どういうこと？」

「俺たちの親が再婚したとして、それでも俺たちの親は親だし、その子供はやっぱり子供で兄弟ってことさ」

「……ちょっとよくわからない」

「『血の繋がり』と『血が通う』はまったく別の意味だよ。家族になるってことは、一緒に住む人と人が血を通わせることなんだ」

「血を通わせること？」

「血じゃなくて心が繋がっているっていうのかな」

「心……」

「シンプルに言えば、俺は君と仲の良い《い》家族になりたいってこと」

俺が笑顔でそう言うと、晶は顔を真っ赤にした。

「それ、自分で言ってて恥ずかしくならない？」

「まあ多少は？　――君は嫌か？」

「……難しいけど――」

すると晶はなにかを考え、なにかをためらい、

「――君、じゃなくていい」

と、頰《ほお》を赤らめてそう口にした。

「じゃあ、なんて呼んだらいい？」

「……僕のことは晶でいいよ」

それは、おそらく、晶なりの精一杯の譲歩。

ただ、俺にとっては大きな前進でもある。

「そっか。じゃあ晶、よろしくな」

俺は右手を差し出した。

「うん」

晶も俺に倣《なら》って、気恥ずかしそうに右手を伸ばす。

俺たちはそこで初めて握手を交わした。

彼の手は冷たく、それでいてすべすべとしていて柔らかい。ほんの少し力を入れただけで壊れてしまいそうな、ガラス細工のような手だった。

なんだか互いに気恥ずかしくなり、思わず一緒に手を引っ込める。

タイミングが合いすぎて、互いに顔を見合わせて笑ってしまった。

少しは打ち解けられたのだろう。

＊　＊　＊

顔合わせの帰り道、俺と親父《おやじ》は夜風を感じながら歩いて帰っていた。

「――って感じで、晶は不器用なだけで良いやつだったよ」

晶が道に迷っていたところに声をかけたところから、最後に握手を交わすまでの経緯をかいつまんで話すと、親父はなんだかほっとした表情で息を吐き、俺の肩を軽く叩《たた》いた。

「ありがとう涼太」

「なんの感謝だよ？　やめろよ気持ち悪い……」

照れ臭くてそっぽを向くと、親父の笑い声がした。

「美由貴さんからはなかなか人と打ち解けない子だって聞いてたから、安心してな」

「ふーん……」

ふと、俺は気になっていたことを親父に訊いてみた。

「なあ親父、晶はどうしてあんなに人と距離を置きたがるのかな？」

「距離？」

「見ず知らずの人っていうのはわかるけどさ、もう少し愛想良くしたりするもんだろ？」

考えてみると不思議だった。

不器用な性格だということはわかる。べつに相手のことが好きとか嫌いとかは関係なく、周囲に壁を作りたいという気持ちも。思春期なら不干渉を好むし、まして他人ならなおさらだ。

『あの、最初に言っておくけど馴《な》れ合いは勘弁してほしい』

けれど、再婚には反対していない。

『でも、互いの領分っていうの？　侵害しないようにして欲しいってだけ……』

それは親の再婚と、自分の在り方は関係ないと言いたかったのではないか？

『僕のことは晶でいいよ……』

あれは、少しは距離を縮めようとしてくれたのか？

星空を見上げて晶のことを考えてみる。

そしてなんだか心配になった。

出過ぎたことかもしれないが、あのままだときっとあいつのためにならない。

冷たいことを言い放ってしまって後悔して謝るくらいなら、その不器用さをなんとかしてやらないといけない、と思う。これから家族になる人間として。

人との距離の縮め方について、俺がとやかく言う義理もないし、そもそも俺自身が人に伝えられるほど器用な性格ではないと思うけれど、それでも、やっぱり……。

「晶はどうしてあんなに対人関係が不器用なのかな？」

「まあ、答えになるかわからないが、涼太には伝えておこうかな……。お前ももう大人だし、これから家族になるんだから――」

親父は複雑そうな表情を浮かべた。

「じつは美由貴さんの別れた元旦那さんなんだけど、まあとにかく大変な人だったらしい」

「大変ってどういう意味？」

「酒やタバコ、ギャンブルは当たり前だったそうだけど、いきなり何日も家を空けたり、帰ったと思ったらしばらく働かなかったりで、のらりくらりとしていたそうだ」

「なるほど。その人、ロクデナシだったわけだな……」

「まあ、夢を追いかける人だったって美由貴さんは笑いながら言ってたけどな。そんな父親を見て育ったから、もしかすると晶は男性不信なのかもなー……」

女性が男性に対して不信感を抱くのは聞いたことがあった。けれど同性に対してそういうことがあるのだとすれば……。

晶は、同性の友達がいるのだろうか？

そのことが、なんとなく気になってしまった。

「男性不信か……。それで俺たちを突っぱねる言い方を……」

「決して悪い子ではないと思うんだけどね」

「それは俺もそう思う。晶はきっと良いやつだよ」

親父の論が正しければ、相手がべつに俺たちだからという理由ではない。

相手が男なら、きっと誰に対してもああいう態度をとってしまうということ。

だったら、俺にできることは――

「じゃあ、これから晶の過去を塗りつぶすくらい良い家族にならないとな！」

――やっぱり、家族になること。

「涼太……」

「だろ？　親父」

過去はどうであれ、俺たちはこれから家族になっていく。

だったら俺にできることは、自分から晶に歩み寄るしかない。

『──メンデルの法則には血が通っていない、ってところかな？』

晶のためだけではなく、親父や美由貴さん──そして俺自身のためにも。

「……そうだな。まったくその通りだ、涼太」

「だからさ、俺に任せとけ、親父」

うざいと思われても、とことん関わってやる。

そうして晶が誰とでも笑顔で過ごせるように。

そうして晶が大人になったとき、最高の家族に巡り会ったと思ってもらうために……。

「ところで涼太、晶とはどう接していくつもりだ？」

「それはまぁ、最初は兄弟というより、友人に近い感じかな？」

「……お前、友達いるのか？」

「い、いるよ！　友達の一人や二人！」

「一人か二人しかいないのか……」

「そのかわいそうな目で見るのやめろ。大事なのは量より質だ」

つい、強がりを言ってしまったが、友達……。友達って、なんだろう？

「とりあえず、生意気な年下は嫌いじゃないし、あいつ、可愛《かわい》いところもあるからな。俺は兄として晶を溺愛するつもりだ」

「……それ、本当に大丈夫か？　あまりやりすぎるなよ……」

「わかってるって！」

「じゃ、じゃあ、晶をよろしく頼む……。なんだか不安だが……」

――今にして思う。

親父、どうしてこのとき言ってくれなかった⁉

晶は義理の弟じゃなくて、義妹《いもうと》だってことを……。

まあ、『晶』という名前や見た目、性格や話し方で、晶が男だと勘違いしてしまった俺も悪いんだけど。

7 JULY

7月10日（土）

今日は顔合わせの日。母さんの再婚相手とその息子さんに会った。

とりあえず、あの人たちなら大丈夫そう。悪い人たちじゃない。

再婚相手のおじさんは、映画やドラマの美術関係の仕事をしているらしい。
母さんとそこで知り合ったと聞いた。

母さんは、とても仕事熱心で優しい人だと言っていた。やっぱり、母さんはお父さんみたいな人に惹かれるんだと思う。またすれ違いにならなければいいなと、ちょっと心配。

お兄ちゃんになる人、涼太くんはとても優しかった！

たまたま道に迷っていたら声をかけられたのには驚いたし、最初はナンパの人かと思って警戒しちゃったけど、ちゃんとお店まで連れて行ってくれた。

そのあと、実はお兄ちゃんになる人ってわかってさらに驚き！

ただ、親切なんだけど、なんだかちょっと変わってる。

親同士の再婚なんてどうせ子供には関係ないと思っていたら、
仲良くしたいって言われた。

家族になることと一緒に住むことは違う、って話をした。
「メンデルの法則には血が通っていない」か……。

血のつながりじゃない、血が通う、心のつながり。

ああいうの、さらっと言ってしまうあたり、やっぱりちょっと変わった人なのかも。

ただ、あのときの涼太くんの目……いろんな気持ちが混ざり合った不思議な目……
それがなんだか気になった。

涼太くんと握手した。大きくて温かい男の人の手……なんだかお父さんに似てた。
お父さんの手はゴツゴツしていて皮が厚いけど、なんだか安心する、そんな手だった。

だから、なんだかちょっとだけ恥ずかしかった。

でも、やっぱり、母さんとお父さん以外の人を家族として認めるのは、正直難しい……。

今度話すときはもっと素直に話したいけど、それでも、やっぱり、私には難しい……。

第2話「じつは再婚相手の母娘《おやこ》が我が家に越してきまして……」

富永《とみなが》親子との顔合わせがあった翌週の月曜日の朝。

学校へ向かう途中で出会った悪友に、それとなく親父《おやじ》の再婚話を伝えた。

「——ということで喜べ光惺《こうせい》。ついに俺に兄弟ができることになった」

「なにをどう喜んでいいのかさっぱりわかんねぇけど、おめでとう」

「まるで他人事《ひとごと》じゃないか？」

「他人事だからな」

「……なるほど、たしかに他人事だな」

納得したところで俺は隣を気怠《けだる》そうに歩く光惺を見た。

見た目は少女漫画に出てきそうなクール系のイケメン。

金髪にピアス。身長は高く、体形はモデルみたいに細い。

だからといって陽キャでもなく、意識が高いわけでもなく、怠惰で無気力で仏頂面《ぶっちょうづら》。

しかし女子から絶大な人気を誇るこの上田《うえだ》光惺という男とは、腐れ縁というべきか中学から共に同じ高校に進学し、今も同じクラスだったりする。

ただまあ悪いやつではない。ムカつくやつではあるが。

「というわけで光惺、お前に一つお願いがある」

「却下」

「夏休みに相手の家族が引っ越してくることになったんだ。そこで──」

「聞きたくない」

「新しい家族を受け入れる準備を手伝ってほしい！」

「…………」

「具体的には部屋の片付け。未来の弟のために使っていない部屋を空けようと思ってさ引っ越しバイトの経験のある光惺にぜひとも手伝ってもらいたい」

「はぁ～……。聞きたくないって言ったよな？」

怠そうに眉にかかる金髪を掻《か》き上げるのは光惺の癖だ。道の先で同じく学校に向かう女子たちがその姿を見て「キャア」と黄色い悲鳴を上げている。

光惺は「うざっ」の一言で終わらせていたが、非モテな俺からするとかなりムカつく。

「で、光惺、今週の土曜日は暇だよな？」

「俺にだって予定ぐらいあんの」

「どんな？」

「寝る」

「それは予定じゃなくて欲求だ。ちょっとくらい手伝ってくれてもいいじゃん」

「めんどい」

「友達甲斐《がい》のないやつ……。いつも宿題のノート見せてやってるだろ？」

まったく光惺のためにはならないが、俺はしばしばこいつに宿題を見せてやっている。

「頼むよ。お前しかこんな面倒なこと引き受けてくれそうなやついないんだ。親父は最近仕事が忙しいみたいで土日もいないし、一人でやるにはなかなかの量で……」

「めんどいって言ってんじゃねぇか——」

光惺はそう言うとなにかを思いついたらしく、

「——なら、ひなたを貸すから好きに使ってくれ」

と言ってにやりと笑った。

上田ひなた——光惺の妹だ。

現在高一で、俺たちと同じ結城《ゆうき》学園に通っている。

これが光惺とは真逆で本当に良くできた子で、素直で愛想《あいそ》も良く、前向きで努力家。性格だけで数え役満なのに、そこに見た目も合わさるとダブル役満が成立する。

「あいつだったら喜んで引き受けてくれると思うぞ」

「いや、ひなたちゃんはダメだろ。そんな面倒なことはさすがに頼めない」

「俺ならいいのかよ？」

「ああ！」

「即答かよ……。つーかあいつこそ土曜日は暇だって言ってたぞ？」

「だからって男子の家に年頃の妹を放り込む兄貴がどこにいる？」

「ここにいる。お前だから信用してんの」

「信用って、お前なぁ……」

「なんだったら襲ってくれて構わないぞ？」

「アホか。面倒ごとを妹に押し付けて自分が楽したいだけだろ？」

光惺は「ああもう面倒くせぇ」と言いながらまた頭を掻いた。

「そんなに面倒臭がるなよ。ちょっと要らないものを整理したり処分したりするだけだし、終わったら飯ぐらい奢《おご》るからさ」

「そっちじゃねぇよ。ひなたはな──」

と、光惺がなにかを言いかけた瞬間、俺たちの間に見慣れたポニーテールが割って入った。

「――私がなに？　お兄ちゃん？」

噂《うわさ》をすれば影。あまりにタイミングが良すぎて俺も光惺もぎょっとした。

「うっ、ひなた……」

光惺は露骨に嫌な顔をしたが、ひなたは気にしていない様子だった。

「おはようございます、涼太《りょうた》先輩」

「お、おはようひなたちゃん」

つい目線を逸《そ》らしてしまった。

女の子特有の甘い香りが後れてやってきて、俺の意識は意図せずひなたへと向けられる。

それにしても、ひなたは高校に入ってまた一段と大人っぽくなった。

背はそれほど高くないものの、制服の上からでもわかる健康的で肉付きの良《い》い身体《からだ》は、ついこの間まで中学生だったとは思えない女らしい丸みを帯びている。

加えて、これが一番の問題なのだが、ひなたは基本的に距離感が近い。

今だって俺と光惺の間に平気で割り込んできたが、俺と肩がかすっても平気な顔でいる。

ただでさえ女子に免疫のない俺としては戸惑うばかりだ。

たまにこうして三人で登校することもあるが、やっぱり彼女の距離感にはまだ慣れない。

まあ、単純に俺が彼女を意識しすぎているだけなのかもしれない。

そのひなたはというと、屈託のない笑顔で俺の顔を見上げている。

「今お兄ちゃんとなんの話をしていたんですか？」

「ああ、うん。家の片付けの話だよ」

ひなたは人差し指をぷっくりとした唇に当て、きょとんと小首を傾《かし》げた。

その愛らしい姿でさえなかなかの破壊力を持っていることを彼女は知るべきだと思う。

「涼太先輩の家の片付け？　それと私になんの関係が――」

「涼太が土曜日に家の片付けを手伝ってくれって」

間髪容《い》れずに光惺が口を挟んだ。

「え？」

「ちょ、おい――」

「涼太の親父さんが再婚することになって、使ってない部屋を未来の弟のために綺麗《きれい》にするんだってよ。俺予定あるし、お前代わりに行ってやれよ？」

こういうとき饒舌《じょうぜつ》な光惺が余計に腹立たしい。

そもそもひなたがうちに一人で来るはずもないだろうに。

「そんなのダメに決まってて――」

「え？　いや、光惺がいるなら――」

「あ、私も行くので三人で頑張りましょう！」

それ以上に、彼女と二人きりで家にいるという状況を想像すると気まずくて仕方がない。

正直、ひなた一人に手伝わせるのは心苦しい。

光惺が説得に応じたので俺は少しほっとしていた。

「……たく、わかったよ。しゃーなし手伝ってやる」

「えっ、予定ってそれ!?　ちょっとお兄ちゃん！　だったら手伝いに行ってあげなよ！」

「とりあえずひなたちゃん、光惺は『寝る』って予定があるだけだから、ひなたちゃんからも光惺に行くように説得してほしいなー」

なんていい子なのだろう。どっかのダメ兄と違って。

そのダメ兄を見ると、さっきからにやついている。まんまと面倒事を妹に押し付けたって感じだ。だが、思うようにいくと思うなよ。

「そ、そう？」

「お兄ちゃんがいつもお世話になってますから！　任せてください涼太先輩！」

「ほら、ダメって――へ？　いいの？」

「行きます！」

「ひなたが参加するんだってよ。良かったな、涼太」

光惺はまたにやりと笑った。

こっちから頼んでおいてなんだが、俺は心の中で、こいつだけは絶対にサボらせないと決めた。

＊　＊　＊

7月21日。

いよいよ夏休みに入ったこの日、昼過ぎに引っ越しのトラックがやってきた。

引っ越し作業はほとんど業者のお兄さんたちがしてくれていたので、俺と親父はリビングで手持ち無沙汰に待っていた。

ちなみに美由貴《みゆき》さんと晶《あきら》だが、ドラッグストアやスーパーに寄って必要なものを買ってからこちらに向かうらしい。

「なあ、親父」

「なんだ？」

「引っ越しの荷物ってあれだけなのかな？」

我が家の散らかり具合を考えれば、これから運ばれてくる一世帯分の荷物はそれなりに多いと予想していた。だが、実際はその半分程度しかなかった。

「来る前に必要のないものは処分したそうだし、そもそも八畳一間に布団《ふとん》を敷いて並んで寝ていたらしいからな」

「そっか。じゃあ晶は自分の部屋すらなかったのか……」

親父《おやじ》の話から、二人の暮らしぶりがなんとなく想像できた。

年頃の男子なら母親に秘密にしたいことの一つや二つあるだろうに。

なんだか晶の境遇を気の毒に思った。

「二階の部屋を綺麗に片付けてもらって助かったよ。きっと喜んでもらえるさ」

「だったらいいな。でも、『べつに部屋とか要らないんで』とか言ってきそうじゃないか？」

「それ、晶のモノマネか？　いやー、さすがにそんな言い方はしないだろ？」

親父は苦笑いを浮かべた。

「ところで部屋を用意していることは晶に伝えてあるの？」

「とりあえずはな」

「だったら俺が案内するよ」

「そうか？　なら頼む」

そうして一時間ほどで引っ越し作業が終わった。

親父がタブレットでなにかを操作し終わると、引っ越し業者の人たちは「ありがとうございました！」と爽やかな笑顔で帰っていった。

呆気《あっけ》なかったと言えばそれまでだが、これから荷解《にほど》きが待っている。これだけは美由貴さんと晶の許可なしでは進められない。

とりあえず、俺と親父は二人が来るまで適当に時間を潰した。そうして三十分ほど経《た》って、ようやく美由貴さんと晶が到着した。

俺が玄関先で出迎えると、美由貴さんと晶は両手いっぱいに紙袋やらエコバッグやらを下げていた。

「ごめんなさい、遅くなっちゃって。——今日からお世話になります」

「こ、こちらこそ……」

こういうときどう返していいかわからないので、とりあえず頭を下げておく。

「それ、俺が持ちますよ」

「じゃあお願いするわね。ありがとう涼太くん」

俺は笑顔の美由貴さんからエコバッグと紙袋を受け取った。

それとなく中を覗《のぞ》くと食材やら日用品やらが入っている。シャンプーや化粧水などの女性特有の諸々《もろもろ》も入っていた。

少しだけ緊張する。

たまに親父が仕事の関係の人を家に招くことはあったが、女性が来るのと住むのとではわけが違う。これから一緒に住む、その実感がじわじわと湧いてきた。

「それじゃあ上がらせてもらうわね」

「どうぞ」

ふと、晶と目が合った。

美由貴さんはリビングに向かったが、晶はまだ玄関に立ち尽くして、なにかを言いたそうにしている。

「どうした？　入らないの？」

「……あの、よろしく」

「あ、ああ……。こちらこそよろしくな」

なんだか、照れた。正確には、照れた晶に釣られて照れてしまったというべきか。

「それじゃあ、お邪魔します……」

晶はそう言うと遠慮がちに玄関を上がり、美由貴さんの後を追ってリビングの方へと向かう。

「『お邪魔します』じゃなくて、次から『ただいま』でいいから。――邪魔じゃないから」

晶の背中にそう言うと、小さくコクンと頷《うなず》いた。

こんな感じで、ゆっくりでいいから晶との距離を縮めていこう。

晶を追って、俺もリビングに向かった。

＊　＊　＊

ちょっと談笑して、夕方までは荷解きをすることになった。

俺は晶に家の中を案内し、最後に二階の例の部屋の前に晶を連れて行った。

「――最後だけど、ここ、晶の部屋だから」

「ここが僕の部屋？」

「ああ。隣は俺の部屋。で、向こうが親父と美由貴さんの部屋。廊下の突き当たりはトイレだ」

「う、うん……」

晶はなんだか戸惑っているように見えた。

扉の前で立ちすくみ、中の様子をじっと眺めている。

「ほら、遠慮せずに中に入ってみろよ」

「あわっ⁉」

俺は晶の背を押し、多少強引に部屋の中へと入れた。

日当たりの良《い》い南向きの部屋は、レースカーテンの裾から日差しが溢《こぼ》れていた。その光は光沢のあるフローリングに反射して部屋の隅々を明るく照らしている。

晶が来る前に窓を開けておいたので、部屋の中はそれほど暑苦しくない。

それにしても、この部屋を見ていると、上田兄妹《うえだきょうだい》がうちに来て掃除を手伝ってくれた日のことを思い出す。

もともと雑多な物置状態だったこの部屋は、あの二人のおかげで見違えるように綺麗になった。ひなたはなんでも笑顔でやってくれたし、普段面倒臭がりな光惺も、その日は「次、なにしたらいい？」という積極性を見せてくれた。

本当に感謝してもしきれない。

今度ご飯を奢《おご》る約束をしたので、なんでも好きなものを食べてもらおうと思う。

ちなみにだが、俺と親父でフローリングのワックスをかけ直し、ベッドや棚なども新しく購入した。二、三日前にエアコンも新品に付け替えたばかり。

こんな感じで、晶の部屋は新居同然になっていた。

ただ、そんなことを押し付けがましく言うつもりもない。

俺たちは新たな家族を迎えるために当たり前の準備をしただけにすぎないのだから。

だから晶には光惺やひなたが部屋の片付けに協力してくれたことだけ伝えよう。

「どうだ、感想は？」

話しかけても応答がない。

一瞬どうしたんだろうと不安になったが、晶から「うわー……」と感嘆の声がもれた。

「気に入った？」

「こんなに綺麗《きれい》な部屋を使っていいの？」

「もちろん。いちおう引っ越し業者の人にはダンボールを端に寄せてもらったから、あとは荷解きするだけで大丈夫だぞ」

「うん」

「家具の配置換えがしたかったら手伝うし、他に必要なものがあったら俺か親父に遠慮なく言ってくれ」

晶は「ありがとう」と言いながら振り返った。

俺は、たぶん、油断していたんだと思う。

だから次の瞬間目に映ったものに、心がすっかりとかき乱された。

無邪気に弾《はじ》けて喜ぶ少年のような笑顔を想像していた。

けれどそこには無垢《むく》な少女のはにかんだ笑顔があった。

心臓が激しく脈打つ。


――不覚にも、俺は晶に見《み》とれてしまった。


気づくと、晶はいつもの仏頂面《ぶっちょうづら》を浮かべ、小首を傾《かし》げていた。

「……どうしたの？」

「ああ、いや、べつに、なんでもないよ、ほんと！」

誤魔化すようにそう言って、近くにあった段ボールに手を伸ばした。

「じゃあ荷解きを手伝うよ。この段ボールから――」

「あぁっ！　それはダメ――――！」

「え？」

晶が顔を赤くして急に焦《あせ》り出した。

見れば「衣類（その他）」とマジックで書かれている。

はっとした。その他、というのは下着かもしれない。男子同士でも、確かにそのあたりは気を使う部分ではある。

「あ、ありがとう。あとは僕一人でやるから出て行ってもらえる？　じゃあ――」

「え……――」

――バタン！

有無も言わさず扉で隔てられた。

「じゃあごゆっくり……」

俺はにこやかに扉に向かって喋《しゃべ》ったが、当然返事はない。

この扉で隔てられたように、晶の心はまだ固く閉ざされていると感じた。

いやいや、まだ俺たちの関係は始まったばかり。

気を取り直して、次のことを考えよう。

＊　＊　＊

その日の夕食は美由貴さんが腕を振るい、俺と晶で配膳、親父《おやじ》はなにをしていいのかわからずうろうろ、という感じで始まった。

食卓にまともな食事が並んだのは久しぶりな気がする。

俺も親父も料理はいまいちなので、普段は弁当屋の持ち帰りだったりスーパーの惣菜《そうざい》だったりで、飯を炊く以外はおおよそ手抜きをしていた。

だから余計に感動する。

こんな風にまともな手料理を食べるのはいつ以来だろう。

これはさっそく作ってくれた美由貴さんに喜びの言葉を伝えなければならない。

「このハンバーグ美味《うま》いっ！　美味《おい》しいです美由貴さん！」

「あ、それはお惣菜コーナーで割引シールが貼られていたのを買ってきたの」

「……え？」

「でも喜んでもらえて嬉《うれ》しいわ。あははは……」

一瞬で羞恥を通り越し、俺は青ざめた。

「りょ、涼太……プクク……さすがに、それはないだろう……惣菜と手作り、間違えるか、普通……プクク……」

親父が全身全霊で笑いを堪えている。

息子の失態を見てフォロー一つ入れようとしないなんて、なんて親父だ。

「それにしてもこのホウレン草の胡麻和《ごまあ》えは癖になるなぁ。さすが美由貴さん、これだったら毎日食べられるよ」

「あ、それもお惣菜コーナーで……。そんなに気に入ったのなら毎日買ってこようかしら……」

「はぐっ……」

……ざまあみろ。

「私が作ったのはこの卵サラダとお味噌汁《みそしる》、それとご飯を炊いただけなの。ごめんなさいね、明日からちゃんとするから」

「『はい……』」

やっぱり、俺たちは親子なんだと実感した出来事だった。

そのとき、

「く……ふふ……」

と笑いを堪える声がした。

俺はそれとなく美由貴さんの隣に目をやった。

晶が顔を紅潮させ、今にも噴き出しそうになっている。

「晶、どうした？」

「い、いや、なんでも……」

「なんでもって、顔真っ赤だぞ？」

「だ、だからなんでもないって……」

笑いを堪えているのは明らか。怪我《けが》の功名と言うべきか、どうやら俺たち父子が見事に外したのが晶のツボに入ったらしい。

俺としては多少恥ずかしいが、ちょっと嬉しかった。

この調子で晶が少しずつ打ち解けていってくれたらいい。

ただまあ、空気を読まない、読めない人間というのはどうしてもこの世界に存在する。

ほっこりとした気持ちで晶を見ていたら、再び親父が口を開いた。

「み、美由貴さん、このお米はうちのじゃないよね？　やっぱり米が変わると美味しいなあ」

「それはうちから持ってきた無洗米の残りで、ちょっと古いんだけど……」

「ぐふっ……」

また親父は呻《うめ》き、また俺は青ざめた。

美由貴さん、あなたはどうしてうちの親父を選んだんですか？

こんな残念な親父で本当に良かったんですか？

微妙な空気が流れる中、晶だけが笑いを堪えていた。

＊　＊　＊

夕食後、それぞれタイミングを見計らって風呂《ふろ》に入っていった。

俺も親父も普段はシャワーだけで済ましていたが、今日からちゃんとお湯を張るらしい。湯船に浸《つ》かるのなんて親父と銭湯に行くときぐらいだから、なんだか嬉しい。

「涼太くん、お風呂空いたわよ」

部屋でダラダラと漫画を読んで待っていたら、美由貴さんが呼びに来てくれた。

「じゃあ、いただきま……──」

言葉を失った。

美由貴さんは、湯上がりの上気した肌が透けて見えるナイトウェア姿だった。

目のやりどころに困って視線を落とす。

ところが今度は美由貴さんの脚が目に入った。

肉付きのいい太ももは美容オイルを塗ったせいか潤沢で、引き締まった膝やくるぶしはたるみという言葉を知らず、五本の足の指はなにかの細工品のように繊細かつ整然と並んでいる。

まるで理性から本能へのスイッチを踏みつけて強制的に切り替えるような脚だ。

そんな脚と、俺はほんの少しだけ睨《にら》めっこをしていた。

「あの、涼太くんどうしたの？　私の脚になにかついているかしら？」

「い、いえ、すぐに行きます……」

なんとか踏みとどまった俺は、いそいそと風呂に行く準備を始めた。

それにしても、俺だって健全な男子高校生なのである。

美由貴さんにはもう少し自重して欲しい。ほんと。


一瞬脳裏をよぎった邪《よこしま》な考えを洗い流すべく、俺は風呂に急いだ。

中に誰もいないことを確認して脱衣所の扉を開く。

我が家の風呂場の脱衣所には洗面台と洗濯機置き場が設置してある。顔を洗うのも、洗濯をするのも、ここで全部済ますことができるので楽だ。

Tシャツを脱ぎ、洗濯かごに放り込もうとしたとき、はたと俺の手が止まった。

洗濯かごの中。

おそらく美由貴さんがさっきまで着用していたであろうそれがあった。

まさかとは思うが、次に俺が入るように促したのは意図的だったのか、と邪推してしまう。

いや、今日半日一緒に過ごしてわかったことは、美由貴さんが天然だということ。

俺は見て見ぬ振りをして洗濯かごにTシャツを放り込み、ハーパンをパンツごとずるりと落とした——と、そのとき扉の向こうに誰かが立った。


——トントン……


まさか——

「ごめん、僕だけど……」

予想していた人物ではなく晶の声だった。

俺はほっと胸を撫《な》で下《お》ろし、「入っていいぞ」と返答した。

「ごめん、まだ入って——」

扉を開けて顔を出した晶が一瞬で固まった。

「どうした？　先に風呂に入りたかったか？」

「あ、あああ、ああ、あの、その……」

晶は小刻みに震えていた。顔色は赤くなったり青くなったりとせわしない。

「俺、もう脱いじゃったし次で――」

次の瞬間、扉は勢いよく閉められ、ドタドタと走っていく音が聞こえた。

よくはわからなかったが、先に風呂に入りたかったのかもしれない。

それから俺は久しぶりに湯船に浸かり、水滴の溜《た》まっている天井を見上げた。

この家で、これから家族四人で暮らしていく。

そう思うと、やっぱりなんだか感慨深い。

あの女――母親だった人が去ってからは男二人でなんとかやってきたが、新たな家族を迎えての再出発か。

もちろん、家族が増えれば問題も比例して増えるかもしれない。

けれど、互いを尊重し合い、支え合えば、きっとそういった問題も解消できるはず。

こんなことを考える役目は本来親父なんだろうが、あの親父のことだからそこまで考えていないだろうな、絶対。

＊　＊　＊

風呂から上がり、着替えたついでに歯を磨くことにした。

四本並んだ歯ブラシから自分のものをとり、チューブから歯磨き粉を搾《しぼ》って乗せた——

と、また控えめなノックがした。

「……も、もう上がった？」

またもや晶だった。今度は扉越しに話す。

「もう上がった」

「……服は？」

「もう服着てるよ」

すると脱衣所の扉がゆっくりと開かれ、晶が恐る恐る顔を出した。

「次、風呂入るか？」

「あ、うん……。か、借りるね」

「借りるじゃなくていいんだぞ。ここはもう晶の家なんだし」

俺がそう言うと、晶は気まずそうに頬を赤らめ、左肘のあたりをしきりに撫でた。

「ありがと……。──あと、さっきはごめん……」

「なにが？」

「だから、い、いろいろ、見ちゃったし……」

晶はさらに顔を紅潮させる。

「ああ、あれか？　俺は全然気にしてないぞ？」

「そ、そんな、見られて気にならないの⁉」

「そりゃまあ家族だったら裸くらい普通だろ？」

美由貴さんの場合はべつとして。

「ふ、普通なの⁉」

プールの更衣室や銭湯に行けば裸を見られるのは当然だ。そもそも男同士ならそこまで気にする必要もないだろうに。

ただ、晶の場合は男性不信というのもあって、そういうものに抵抗があるのかもしれない。

「でもまあ俺の方こそ悪かったな。次からは気をつけるよ」

「う、うん……。そうしてもらえると助かる……。ありがとう、涼太くん……」

なんだか他人行儀に聞こえた。

「そうだ、俺のことは兄貴って呼んでくれ」

「アニキ？」

「ああ。涼太って名前呼びでもいいし、兄ちゃんとか兄さんでもいいけど、できたら兄貴の方が嬉《うれ》しいな」

兄を貴ぶと書いて『兄貴』。なんていい響きなのだろう。

「……それじゃあ、兄貴で」

「おう！」

また少し打ち解けたところで、俺は歯を磨き始めた。すると――

「……あの、じゃあ兄貴、出てってくれる？」

「ペッ――え？　俺、まだ歯磨きの途中なんだけど……」

「僕、風呂入りたいし……」

「俺のことは気にしなくていいぞ？　歯を磨いたらすぐ出てくから――」

「い、いいから早く出てって！」

俺は歯磨きも半ばで風呂場から追い出されてしまった。

仕方なくリビングのソファーで歯を磨きつつ、晶が風呂から上がるのを待っていたが、これが意外と長風呂でなかなか出てこない。

けっきょく、台所で口をすすいで俺は部屋に戻った。

それにしても晶は同性でも本気で裸を見せ合うのは嫌なようだ。

やはり心配になる。

これから先、修学旅行や温泉旅行なんかに行った際、晶はいちいちあんな反応をしてしまうのだろうか？

そう考えるとあのままではいけない。大人になっていくにつれて晶は困ることになるだろう。

文字通り、俺がひと肌脱ぐしかなさそうだな。機会をうかがって兄弟で背中を流し合うとするか。そこまでの関係になるまでにどれくらい時間がかかるかわからないが……。

そんなことを考えながら、俺はその日、早めに眠りについた。

＊＊＊

——記憶である。

記憶の中で小学生時代の俺は暗く冷たい廊下をそっと歩いていた。

リビングの扉の隙間からもれ出る声に引き寄せられるように中を覗《のぞ》くと、そこには親父《おやじ》と、母親だった人がテーブルで向かい合っていた。

親父はひどく怒っていて、母親だった人が俯《うつむ》いていた。

俺は声を押し殺し、中の声にそっと耳を傾けた。

「彼がね、子供は要らないって言うの……。それで――」

「涼太は俺の子供だ。俺が引き取るに決まってるだろう！」

「でも涼太は――」

「くどい！　出て行きたかったら出て行け！　そして二度と涼太に近づくな！　涼太は俺が育てる！　……――」


そこで俺は目覚めた。

また、あのときの記憶か……。

十年くらい経《た》った今でも、たまにあのときのことが鮮明に思い出されることがある。

押し付け合いにはならなかった。

それ以上揉《も》めることにもならなかった。

俺は、ただ「要らない」と言われた。

夢に出てくるほどあのときの光景は俺のトラウマになっているのかもしれない。
陰鬱な気分を振り払ってスマホを引き寄せると、まだ四時を少し回ったところだった。
起きるにはまだ早い。もう一度寝よう。
ところで晶はどうだったのだろう？
美由貴さんたちの離婚の話をどう受け止めたのか。
夢に見るほど、晶が傷ついていなかったらいいが……。
再び瞼《まぶた》を閉じると、今度は晶と初めて会った日のことが思い出された。
『――メンデルの法則には血が通っていない、ってところかな？』
晶もいつか、その言葉の本当の意味に気づく日がくるのかもしれない。

7 JULY

7月21日（水）

今日は引っ越しの日。母さんと買い物をして新しい家にやってきた。

兄貴が「ジャマじゃないから」と言ってくれた。すごく嬉しかった。

自分の部屋がもらえたのも嬉しい。

初めての自分の部屋はとてもキレイで、エアコンの風は新品の匂いがした。

兄貴たちが一生懸命掃除をしてくれたんだと思う。家具のチョイスは……ちょっと微妙かも。わがままは言わないけど、もう少し女の子っぽいデザインでも良かったかな……。

そうそう、大事件発生！

なんとお風呂で兄貴の裸を見ちゃった！

でも、兄貴は見られているのにぜんぜん気にしてなかった！

しかも気にならないって言ってた！

でも、相手が女の子ならさすがに前くらいは隠すよね？

なんで、平気なの？　ちょっと引く……。

私がお風呂に入ろうとしても気にせずその場で歯を磨こうとするし……。

やっぱり変な人……。

でも、兄貴ってオトナなんだなぁって思った。

第3話「じつは義弟《おとうと》とゲームをすることになりまして……」

晶《あきら》たちが引っ越してきてから数日が経った。

兄弟仲良く、とはいっていない。なんとなくだが、ぎこちない日が続いている。

というのも、晶は基本的に部屋にこもりがちで、顔を合わせるのは食事のときと、晶がなにか用があって部屋から出てきているときぐらい。

今日もたまたま晶とリビングで会ったのだが——

「晶、ゲームしようぜ」

「遠慮しとく。転入試験明後日《あさって》だし」

——と、この調子。どことなく距離を置かれている感じがする。

いまだ現状は進展していない。

それはそうと、晶は俺の通う結城《ゆうき》学園に転入することにしたそうだ。前の高校まではうちから片道一時間以上かかるとのことで、偏差値的にも同じくらいのうちに決めたらしい。

同じ学校に通うとなると、登下校が一緒になったりするかもな。

上田兄妹《うえだきょうだい》のように——あそこの兄妹はそこまで仲が良《い》いわけではないが——一緒に登

校できたらそれはそれで楽しいかもしれない。

「じゃあ勉強教えてやろうか？」

「大丈夫。一人でできるし、甘えたくないから」

「そっか、なら頑張れ」

「うん」

素っ気ない態度だが、これはいつものことなので気にしていないし、徐々に慣れてきた。

晶は基本的になんでも一人でやりたがる。

それは俺も一人っ子で育ったからわからなくはない。

ただ、もう少し接点を持ちたいというか、仲良くしたい。

そこで俺は兄として先輩にあたる人物に電話して助言を求めた。

「――って感じなんだ。光惺《こうせい》的にはどう？　どうしたらもっと弟と打ち解けられると思う？」

『知るか。訊く相手を間違えてんだろ』

まあたしかに光惺に訊いた俺がバカだったたな。

『つーか、うち、妹だしな』

「だよな。なんでお前に相談したんだろう？」

『切るぞ』

「ちょ――っと待った！　だったらさー……」

『なんだよ？』

「年下の男子と仲良くするにはどうしたらいいと思う？」

『年下の野郎に興味ない俺はどう返したらいい？』

つくづく相談事に向かないやつだ。

まあ、予想はしていたが、それにしても、それにしてもである。

『……つーか、べつに適当でいいんじゃね？　無理に積極性出すと逆に引かれるぞ？』

「まあ、そうかもなぁ……」

光惺に言われて最近のことを振り返ってみる。

たしかに晶にアプローチをかければかけるほど、どんどん距離が離れていっているような気がする。そうは思いたくないが、逆効果なのかもしれない。

『お、ちょうどいいところに――』

「え？　光惺、どうした？」

多少間が空いたと思ったら、

『――え、ちょっ――お兄ちゃん!?　――も、もしもし？　涼太《りょうた》先輩ですか？』

いきなりひなたが電話に出た。

「ひなたちゃん？　光惺は？」

『あははは、お兄ちゃんが私に代われって言って～……』

あの野郎、また妹に押し付けたな？

『それで、先輩、悩み事ってなんですか？』

「ああ、いや、それがさ――」

俺はひなたにこれまでの経緯を説明した。

『なるほど、歳《とし》の近い弟さんともっと仲良くなりたいってことですね？』

「うん。なにかいい方法はないかな？」

『まずは共通の趣味を見つけるっていうのはどうでしょう？』

「共通の趣味か……」

それは俺も考えたが、晶は一向に教えてくれない。自室にこもってなにをしているのかは不明だ。勝手に入って嫌われたくないし、どうやって共通の趣味を見つけるべきか。

「それすら教えてくれなさそうなんだけど……」

『なら、協力者に訊《き》くのがいいかもしれませんよ？』

「協力者？　――ああ、そういうことか！」

協力者——美由貴《みゆき》さんだ。母親ならなにかと息子の趣味について知っているというわけだ。

「わかった。ありがとうひなたちゃん」

『こちらこそお役に立てて良かったです！』

「助かったよ。光惺に代わってくれる？」

『わかりました。——お兄ちゃん——代わってって——』

また多少の間が空いて光惺が出た。

『ひなたのアドバイスは役に立ったか？』

「ああ、お前の数千倍な」

『だったら次からひなたに直接電話しろ』

「それは、ちょっと……」

『は？　なんで遠慮してんだよ？』

「それは、ほら……お前の妹だから……」

『じゃあ、俺が兄貴じゃなかったらひなたと直接連絡取り合ってたのか？』

痛いところをつくやつだ。俺が女子に電話する度胸なんてないって知っているくせに。

「それは仮定の話で……。つーかお前的にはどうなんだよ？　俺とひなたちゃんが連絡取り合ってたら兄として嫌じゃないか?」

『べつに。誰と誰が連絡取ろうが俺には関係ないし』

「お前ってつくづくドライだよな～……」

『お前が人間関係を勝手に複雑にしてんの。もっと単純に物事を考えろ』

「それ、お前に一番言われたくないやつ……。むしろお前はもうちょい物事を複雑に捉えた方がいいぞ?」

『あっそ。じゃあもう切るからな。——それと、たまにはひなたにLIMEとか電話してやれ。じゃあな——』

光惺はまくしたてるようにそう言って電話を切った。

俺からひなたちゃんに連絡をとれ?　面倒事をそうやってなんでも彼女に押し付けるのは感心しない。

そもそも、ひなたは皮肉なしで本当に『良い子』なのだ。

訊けばなんでも答えてくれるだろうし、頼めば嫌なことでも引き受けてくれる。そんな彼女に俺がいつも甘えるわけにはいかない。ひなたは便利屋ではないのだから。

……そうは思いつつも、晶のことで悩んだらひなたに相談してみるのも有りかと思った。

＊＊＊

上田兄妹と電話したあと、一階に行くとリビングにちょうど美由貴さんがいた。

今日は親父《おやじ》が仕事でいないため、ソファーに腰掛けて一人でドラマを楽しんでいる。

「あの、美由貴さん。ちょっといいですか？」

「どうしたの涼太くん？　お腹《なか》減ったの？」

「いえ、違います。──じつは相談したいことがあって」

「私に？　なにかしら？　──あ、ここに座って」

なぜか美由貴さんは目を輝かせた。促されるまま、俺は美由貴さんの隣に腰掛ける。

こうして二人で話すのは初めてのこと。なんだか気まずいし、緊張する。

「じつは晶のことなんですけど……」

「あらやだ、あの子ったらまたなにかしちゃったの？」

「ああ、いえ。そうじゃなくて、晶のことを訊きたくて……」

「晶のこと？　どんなことかしら？」

「俺、もっと晶と仲良くなりたいんです。ですがきっかけがなかなか見つからなくて

「……」

するとと美由貴さんは満面の笑みを浮かべた。

「嬉《うれ》しいわ。涼太くん、あの子のことを考えてくれていたのね？」

「ええ、まあ……。義理とはいえせっかく兄弟になったんだし、晶がどんなことが好きなのかとか、趣味とかを訊きたくて」

「そうね～……」

美由貴さんは顎に手を置いた。

「好きなことは漫画を読むことかしらね？」

「漫画？」

「私はよくわからないけど、いつも男の子の読む漫画ばっかり読んでるわ。それと趣味はゲームね。いつもスマホでゲームしてるわよ？」

なんだ、けっきょく俺と一緒じゃないか。

だったら話は早い。今度漫画やゲームについてそれとなく話題を振ってみよう。

「ありがとうございました。関係性がなかなかできなくてちょっと悩んでたんです」

「母親の私でもあの子のことはわからないことが多いわ。でも、涼太くんみたいな素敵なお兄ちゃんができて、あの子もきっと嬉しいはずよ」

美由貴さんにそう言われたが、俺は若干不安になった。

「晶は嬉しいって思ってくれますかね？　逆に迷惑って思うんじゃないですか？　干渉するなって……」

「どうしてそう思うの？」

「ほら、馴《な》れ合いは勘弁って顔合わせのときに……」

「それは──」

美由貴さんはきまりの悪そうな顔をした。

「──あの子ったら、まだ前の父親のことを引きずっているみたいなの」

「晶の本当のお父さんですか？」

「ええ。太一《たいち》さんから聞いていると思うけど、大変な人だったのよ……」

「それは、ちょっとだけ聞きました──」

──家庭をないがしろにするロクデナシだったってことは。

「それでも晶はお父さんのことが好きだから、今の生活に戸惑っているみたい。決して太一さんや涼太くんが問題というわけではないのだけれど……」

疑問が頭の中を駆け巡った。

ロクデナシの父親を晶は好きだから？　いまだに？　好きだった、の間違いではないのか？

だとすると、ずっと晶が男性不信だと思っていたのに、見当違いだったということか？

美由貴さんは俺の疑問に答えるように続けた。

「私の元夫、晶のお父さんは売れない俳優さんでね、自分が売れないのはチャンスがなかっただけって言い訳ばかりする人だったわ」

「元旦那さん、俳優さんだったんですね？」

「そう……。ドラマの仕事も何度かもらえたんだけど鳴かず飛ばずで……。けっきょくお酒に逃げて、あとは太一さんから聞いての通りよ」

「落ちぶれちゃったんですね……」

「ええ。ただ、あの人はいい加減なところはあっても、晶の前だけでは良《い》いお父さんだったの。いろんな物を買い与えたり、いろんな場所に連れて行ったりして……」

美由貴さんの表情がさらに曇った。

この先はなんだか聞いてはいけない気もする。

けれど美由貴さんはどこか胸の内に溜《た》まっているものを話したがっているように見える。

ここは晶のためにも聞いておく必要があるだろう。

「離婚以前に、私とあの人の関係はとっくに冷めてしまっていたの。けっきょく価値観の違いで別れてしまったんだけど……」

ありがちな話だと思った。

夫婦間における価値観のずれ。高校生の俺でもなんとなく想像できる。

「でも、八歳の晶に、価値観の違いで、なんて言っても難しいでしょう？」

「まあたしかに。価値観ってなに？　って感じでしょうね……」

「私たち夫婦の間に挟まれた晶は、私たちの問題なんて全然関係なかったの。理由もよくわからないまま成長して……。いつの間にかお父さんって口に出さなくなったわ……」

「そうだったんですね……」

俺も似たような経験はある。

両親が離婚した当初、俺は一度だけ親父に理由を訊《たず》ねてみたことがあった。

けれど親父からは「離婚したんだ」とだけしか返ってこなかった。

母親が愛人を作ってその人と一緒になりたかったからなんて、さすがに当時七歳の息子に言えるはずもない。

ただ、親父は一つ間違っていた。

離婚という言葉は、理由を抜きにして子供を言いくるめられるほど、大人にとって都合のいいものではないのだ。

大人の事情。

そんなものは子供には関係なく、子供はただただ振り回される。

俺は事情をある程度理解していたから、ただ俺を捨てた母親を憎み、親父にはそれ以上深く掘って訊《き》くことはしなかった。

俺の子供だと、俺が育てると、そう言い放った親父を責めているようで申し訳なかったから。

実際、晶はどうなんだろう？

心の中で折り合いをつけられているんだろうか？

美由貴さんを恨んでなければいいが……。

「それにしても、晶が実のお父さんを好きだっていうのは意外でした」

俺がそう言うと、

「不器用なのも無愛想なのもあの人にそっくりだわ」

と美由貴さんは少し笑った。

「口調もあの人の影響ね。わざとではないとわかっていても、やっぱり私への当て付けのように感じてしまうときがあるわ。あの子に恨まれているんじゃないかって、本当は怖くって……」

美由貴さんは気の毒になるほど不安そうな表情を浮かべた。

離婚したこと、父親と引き離されたことを晶が恨んでいるのではないか。

そんな後ろめたい気持ちをいまだに背負っているんだろう。

そもそも晶に納得してもらうことも諦めたのかもしれない。

けっきょく美由貴さんは、親の都合を押し付けた後ろめたさをこれから先も背負っていくと決めたようだった。

後悔は先に立たないというけれど、どうしても残る後悔もあるのだろう。

「涼太くんは離婚したご両親を恨んだりした？」

「いいえ、親父に感謝しています。ただ――」

「ただ？」

「――母親だった人を憎まなかった日は一日もありません」

「そう……」

「でも状況は違いますけど、俺、ちょっとだけ晶の気持ち、わかる気がします」

「え？」

「晶はきっと美由貴さんの決断を恨んではいないと思います。あいつももう高校生だし、仕方がないって思ってるんじゃないですかね？　なんとなくですけど……」

そう言うと、美由貴さんは「そう思いたいわ」と力なく笑った。

＊　＊　＊

その後、美由貴さんが夕飯の買い出しに行ったので、俺はリビングでテレビゲームをすることにした。

ちなみに俺はゲーマーではない。暇つぶしにゲームをするくらいで、どちらかというとラノベを読んだり漫画を読んだりするほうが好きだ。

ゲームについて言えば、とりあえず話題のソフトを買ってはみるが、中途半端《ちゅうとはんぱ》に手を出してクリアまでいかないのが大半。

飽き性とまではいかないが、それほどこだわりもないので、なにをしても続かない。

これは他のことにも共通するのだが、自分の悪いところだと自覚はある。

とりあえず目についた『エンサム2』に手を伸ばす。

この『エンド・オブ・ザ・サムライ2』は幕末の日本を舞台にした対戦ゲームである。

登場するキャラクターたちは新撰組《しんせんぐみ》隊士を中心として、坂本《さかもと》龍馬《りょうま》やら岡田《おかだ》以蔵《いぞう》やら、他にも多少マニアックな剣士たちが勢揃いしている、幕末マニアにはたまらない一品だ。

ちなみに俺の持ちキャラは土方歳三《ひじかたとしぞう》だが、しばしば勝麟太郎《かつりんたろう》も使う。勝麟太郎の超必殺技「咸臨丸加農砲一斉射出《かんりんまるかのんほう》」はなかなか見ごたえがあって好きだ。

ただまあ、どうして陸地に軍艦が現れるのかいまだに理解不能。

あと、裏技でペリーが出せるが、サムライか？　と思わずツッコミどころ満載なのがこのゲームの魅力（？）でもある。ちなみに光惺《こうせい》は「クソゲーだ」と言っていた。

久々に一時間ほど遊んでいると、晶がリビングに顔を出した。

「あの、母さんは？」

「美由貴さんなら買い出しに行った」

それ以上会話は続かない――が、晶は興味深そうにじっとテレビ画面を見つめていた。

「やるか？」

「べ、べつに……そんなつもりで見ていたわけじゃ……」

やりたいみたいだな。

「いいからこいって。一人でやるのも飽きてきたところだからさ」

「で、でも、やったことないし……」

「大丈夫だ、コマンドはおおよそ他の格ゲーと一緒だし、なんとなくプレーしてみたらこういうのは大概できるから」

「でももうすぐ転入試験で……」

「休憩も大事だろ？　とりあえず一回だけ！　な？　ちょっと相手してくれよ？」

すると晶は少し考えたあと、しぶしぶといった感じで俺の隣に座った。

俺は通常対戦モードに切り替え、晶にコントローラーを渡す。

「はい、お前2Pな。このハード、使ったことは？」

「いちおうは。友達ん家《ち》で……」

「そっか。じゃあ今日からはうちのを自由に使っていいから遠慮なく使えよ？」

「あ、ありがとう……」

晶は少し照れ臭そうにコントローラーをにぎにぎしている。

俺が前に誘ってもやりたがらなかったのは、じつは遠慮していただけなのかもしれない。

「じゃあ早速やってみるか」

ちなみに俺は徳川慶喜《とくがわよしのぶ》を選択。勝麟太郎に次いで、俺がよく使用するキャラだ。

晶はというと――

「ほう、中沢琴《なかざわこと》か……」

中沢琴――女性でありながら男装して新徴組《しんちょうぐみ》という浪士隊に参加していた女剣士だ。

新徴組自体なかなかマニアックであまり一般的に知られていない。

「なかなかセンスあるな?」

「なんかカッコよかったからこれにしただけ」

「あそう……。じゃあステージはお任せで――」

　バトルステージは自動的に五稜郭《ごりょうかく》で決定。

　徳川将軍家の慶喜が新徴組の中沢琴と斬り合うのも無茶苦茶だが、場所が五稜郭っていうのも歴史マニアからすると違和感しかない。まあ、それはそれで面白いが。

「いちおう先に言っておくけど、俺は手加減できるほど器用じゃないからな?」

「えぇ～……。このゲーム初めてなんだけどぉ～……」

「問答無用!　いざ!」

　たとえ相手が初心者だろうとコントローラーを持ったら最後、俺は油断もしないし手加減もしない。相手が弟なら、なおさら手を抜くつもりはない。

「ここで兄としてのプライドと威厳を見せてやる」

「年下に勝ちを譲るのも兄だと思うけど……」

　甘いな。兄として弟にだけは負けるわけにはいかないのだ――


　――20分後。

「──はわっ！　ちょっ晶《あきら》さん、ストップスト────ップ！　それ卑怯《ひきょう》だって！」

「せい！」

「うわっ！　ちょっ……ガードっ──うわ～、負けた……」

俺はボロカスに負けた。

一戦目は当然俺の勝利。キャリアの違いってやつだろう。

だが、始めて十分くらいでコツをつかんだ晶は、二戦目にして俺に引けをとらない戦いを見せた。

俺はなんとか二戦目も勝利することができたのだが、この三戦目にして、晶は残機一を残して俺をボロカスに圧倒した。

俺は油断も手加減もしていない。むしろガチだった。

たった三戦しただけで晶はすっかり俺と同じ土俵に並んだらしい。……というよりもむしろ俺が弱いだけだった。

「畜生、やるじゃないか晶……」

「えへへへ～、僕の勝ちだね～！」

不意に晶が笑顔を浮かべた。

　最近晶の笑い顔を見ていなかった俺としては、その表情を引き出せたことに満足した。だが兄として、いや、歴史マニアの端くれとしてこのエンサム２で負けるわけにはいかない。

「晶、もう一回だ」

「はいはい」

　俺は持ちキャラの土方歳三にした。

　晶は中沢琴が気に入ったらしく、そのまま使い続けるつもりらしい。

「俺の本気の土方は一味違うぞ？」

「ほ～う。なら見せてもらおうじゃん？」

　しかし、四戦目、五戦目と続いていくと、晶がどんどん強くなっていくのに反比例して俺はどんどん弱くなっていくのを感じていた。もはや勝てるビジョンすらないくらいに。

「あ、晶さん……。もうちょっと手加減してくれませんか……？」

　見せると豪語《ごうご》した兄としてのプライドと威厳などそこにはなかった。

「僕も手加減できるほど器用じゃないし――。――せい！」

「ほわっ⁉」

　……結果オーライじゃないか。

このゲームの目的――すなわち晶と仲良くなること。

目標は達成している。

俺は晶の笑顔を引き出すことができたし、晶はゲームに夢中で楽しそうだし、これで十分満足できる結果じゃないか……。

しかしなんだろう？　この腑《ふ》に落ちない感じは……。

『――自分より弱い者のところには嫁には行かぬ。欲しくば、打ち負かせ』

中沢琴の勝利後のセリフが妙に腹が立つ。

「あははは、また勝っちゃった♪」

この喜びよう、まさか晶は俺のことをボロカスにして楽しんでいるだけなんじゃないか？

ゲーム内で日頃の溜《た》まりに溜まった俺への鬱憤《うっぷん》を晴らしているだけなんじゃないか？

そうは思いたくないが、この喜びようだとそれもありうる。

「なあ晶、べつのゲームをしないか？　ほら、共同プレーで攻略するタイプのやつ」

「えぇー？　ようやく慣れてきたところなのに」

「まああ、エンサム２はまた今度で――」

「いや、もうちょっと――」

立ち上がろうとしたそのときだった。

晶に腕を摑《つか》まれて、俺はよろけてしまった。

「おわっ！」

そのまま晶の方に体勢が崩れる。

「ちょっ……兄貴……」

「ああ、すまん。怪我《けが》してないか？」

気づけば晶を押し倒すような感じになっていた。

晶は目を丸く見開いたまま固まっている。

「だ、大丈夫？　ごめん、僕が引っ張ったから……」

「いや、気にするなって」

俺の顔の数センチ先に晶の顔がある。

目のピントが晶に合わさっていくと、思わずため息がこぼれそうになった。

嫉妬してしまうくらい綺麗《きれい》に整った顔立ち。間近で見るとその美しさが余計に際立《きわだ》つ。

「……なあ、晶」

「な、なに、兄貴？」

長い睫毛《まつげ》の下の澄んだ瞳をじっと見つめると、すぐに逸《そ》らされてしまった。

その眼《め》もどこか潤み始め、透き通るほどの白い肌にやがて朱が滲《にじ》んでいく。

晶の吐息は少しずつ荒くなり、緊張しているのが見てとれた。

自分がなんだか意地悪をしているような気分になって、俺は思わずにやけてしまう。

いや、たぶん俺は本当に意地が悪いんだろう。

「やっぱりお前って、綺麗な顔してるよな？」

「っ――――!?」

晶の顔に火がついた。

「あははは、照れんなって。こっちまで恥ずかしくなるだろう？」

「あ、兄貴は、そんなこと平気で言っちゃって恥ずかしくないの!?」

「まあ、兄弟だしそんなには」

「きょ、兄妹でも、いきなりそれは……」

言う割に抵抗する様子はない。どうしていいかわからずに戸惑っているという感じだ。

もしかすると、このままいけるかもしれない。

というよりも、どうしてもこの欲求には逆らえそうにない。

晶と過ごすようになってからずっとしてみたかったことを俺は実行に移すことにした。

「晶、ちょっと目を瞑《つぶ》れ」

「えっ⁉　ちょっ……なにするつもり⁉」

「いいから早く」

「だ、ダメだって！」

「大丈夫、すぐ終わるから」

「兄貴、でも、僕、初めてで……」

「黙って目を閉じてろ。痛くしないから──」

晶はいよいよ観念したのか、顔を真っ赤にしたまま──目を閉じた。

固く結ばれていた唇が徐々に解かれ、やがてぷっくりとした唇が上を向く。

晶の真っ赤になった頬に両手を伸ばす。

そして俺は──

「むぐっ──⁉」

──晶の頬を両手で挟んだ。

押し上げられたせいで晶の柔らかな頬の肉が盛り上がり、唇がむにゅっと縦長になる。

「……はひひ、はひひへんほ（兄貴、なにしてんの）？」

「やっぱお前って柔らかいほっぺたしてるんだなぁって、確認？」

晶は俺の手を振り払った。

「なにすんだよ――!?」

「いや、だからさ、表情筋が柔らかいなら、もっといろんな表情できるだろうって思って。お前っていつも仏頂面《ぶっちょうづら》でもったいないから」

仏頂面のキャラなら光惺だけで十分だ。晶にはもっと笑顔でいてほしい。

「さっきみたいにもっと笑顔を作れよ。そのほうが晶に似合ってると思う」

「笑顔……似合うって……」

晶は少し不機嫌そうに俺から視線を外した。

さすがにやりすぎだったかもしれない。

「ごめん、驚かせちゃったな」

「う、うん……。ほんと、ドキドキした……」

「綺麗な顔だったから意地悪したくなったんだ」

「き、綺麗って言うな……。そんなに綺麗じゃないし……」

これだけ綺麗な顔をしているのに、自分に自信がないのだろうか？　それとも、男に対して綺麗という褒め言葉はふさわしくないのか？

「少なくとも俺は綺麗だって思うぞ？」

「あ、兄貴に言われてもべつに嬉《うれ》しくない！　──兄貴のバカバカ！」

「おわっ！」

晶は俺を押し返し、そのまま逃げるように階段をドタドタと駆け上っていった。

じゃあ誰に言われたら嬉しいんだ？

「というかバカバカって小学生かよ……」

なにか腑に落ちないものを感じていたら、ちょうど晶とすれ違いで美由貴さんが帰って来た。

「ただいま〜。──あの、涼太くん？　晶が顔を真っ赤にして上っていったんだけど、なにかあったの？　喧嘩《けんか》とか？」

「あーいや、べつに大したことないんで気にしないでください」

──いや、後々考えれば大したことだった……。

俺は晶になんてことを言ってしまったのか。

そして、なんてことをしでかしてしまったのか。

今さら後悔してもしきれない……。

ただ、このときの俺は、晶《あきら》と距離が少しだけ近づけたのではないかと能天気に思っていた。

7 JULY

7月25日（日）

今日、兄貴と一緒にゲームをした。

ちょっと上手そうな雰囲気だったけど、やってみるとフツー。
というよりもめっちゃ弱い。

それほど格ゲーをやり込んでいないって感じがした。「手加減してくれ」って
情けない感じの兄貴はちょっとだけカワイイ。

でも、そのあとまた大事件が発生！

なんと、兄貴に押し倒されてしまった！

腕を引っ張った私も悪かったけど、そのまま顔が近づいていくうちにキスの距離に……。

近くでキレイって言われちゃったし、目をつぶれって命令されたら断れなかった。

このままもしかして……なんて思っちゃったけど、けっきょく顔を
押しつぶされただけ。なんか、ムカつく……。

でも、笑顔が似合うって言われた。自分でも表情が硬かったのかなぁと反省。

もう少し、笑顔でふるまいたいと思う。

それにしても、兄貴は距離が近い……。女の子に対していつもこんな感じなのかな？

兄貴ってもしかして遊び慣れてる？

彼女とかいなさそうだけど、その辺はどうなんだろう？

兄貴と、キスか……。

嫌じゃないと思ってしまった自分、反省します……。

第4話「じつは義母《はは》にお使いを頼まれまして……」

晶の転入試験も無事に終わって八月に入った。

いよいよ晶も本格的に夏休みが始まったと見えて、家でダラダラと過ごす日が続いている。

嬉しい変化がいくつかあった。

まず一つ目。

晶が俺の部屋に来て漫画を借りていくようになったこと。

俺も晶から漫画を借りることもあるが、漫画の趣味が一緒で嬉しい。

そして二つ目。

晶はちょくちょくリビングにやってきては俺と一緒にゲームをするようになったこと。

「晶、エンサム2もうやめないか？　というか封印しないか？　永遠に……」

「え～？　僕の連勝記録が永遠にストップしちゃうじゃん？」

「それ、俺の連敗記録が永遠に更新されていくだけだから。俺の悲しみが永遠に増えていくだけだから……」

晶は基本負けず嫌いで食い下がるが、俺は負けっぱなしでも食い下がろうとしない。

というか、晶が上手すぎて勝つことを諦めた。

中沢琴《なかざわこと》を使わせたらこいつには一生敵《かな》わない自信まである。

歴史を振り返ってみても、勝てない勝負は初めからしないのが兵法の基本。かの有名な剣豪宮本武蔵《みやもとむさし》は生涯勝てる相手としか勝負しなかったから無敗だったと言うし……。

けれど、兄としては負けるとわかっていても弟の相手はしなければならない。

社会に出たとき、接待で相手を気分良くさせる練習だと思えば、これしきのこと――

「――って、またお前、ちょっ――その『めくり』から繫《つな》げる空中コンボ、卑怯《ひきょう》だって！」

「正攻法だって。むしろノーガードなのが悪い」

俺の慶喜《よしのぶ》がさっきから空中で永久コンボを受け続けているのだが――あ、死んだ。

「『――自分より弱い者のところには嫁には行かぬ。欲しくば、打ち負かせ』」

中沢琴のセリフにかぶせて晶がビシッと俺を指差してくる。単純に腹が立つ。

「畜生！　次こそ絶対に嫁にしてやる！」

「それプロポーズのつもり？　僕は兄貴のところに嫁ぐなんてやだよ～だ」

「誰がお前なんて嫁にもらうか！　ゲームの話だ！」

「うっ……」

なんでそんな面白くなさそうな顔をする？　そもそもお前は男だろうが。

「こうなったら絶対に慶喜の裏エンディング『大奥ハーレム』にぶち込んでやる！　こっちは将軍様だぞ！　舐《な》めんなっ！」

「サイテー。――はいハマった～」

「ふぐっ……!?」

こいつ、鬼か？

ただまあ、こんな相手にとって不足しかない俺に対し、晶は文句も言わず一緒にゲームをしてくれる。最近は誘われることが多いので嬉しい。

ところで、やるゲームがことごとく対戦ゲームに偏っているのはなんでだろう？

ゲームを通して俺をボコりたかったわけじゃないよなぁと、ちょっとだけ不安になる。

一方で、共同プレーでステージを攻略していくタイプのゲームは、晶の協力もあってサクサク進んでいく。

こんなふうに、中途半端《ちゅうとはんぱ》にプレーしていたゲームソフトたちが今になって生きるとは思いもよらなかった。……とりあえず、開発者の方々、今まですみませんでした。

こうして俺たちがゲームをしているところを親父《おやじ》も美由貴《みゆき》さんも特に注意はしなかった。

兄弟仲良くゲームしているところに水を差すつもりはないらしい。

ただ、その日はちょっとだけ事情が違っていた。

＊　＊　＊

いつものように俺と晶がゲームに興じていると、美由貴さんが遠慮がちに声をかけてきた。

「晶、ごめんね。ちょっとお使いに行ってきて欲しいんだけど……」

そう言った美由貴さんの笑顔に余裕がないように見えたのは、ここ最近仕事が忙しくて疲れが溜《た》まっているからだ。

親父に関していうと現場の作業が滞っているらしく、泊まり込みで作業する日が増えていた。それについては慣れているから別段どうってことはない。

ただ、フリーのメイクアップアーティストである美由貴さんは、親父と同じか、それ以上に仕事が忙しいと最近知ったばかり。じつは、美由貴さんはおっとりしているように見えて、かなりストイックに仕事をこなしている。

映画だけではなくドラマのメイクを担当することもあり、八月のスケジュールはパンパンに詰まっているそうだ。

美由貴さんはそれでも家事の手を抜こうとしないから、俺としては少し心配だった。

ところが晶は「え～……面倒臭い」と平然と言い放ち、フローリングの上にだらしなく転がった。

光惺《こうせい》もそうだが、基本顔の良《い》いやつらはみんな面倒臭がりなのだろうか？

「お願い晶、ママのことちょっとだけ寝かせて……」

笑顔に余裕がない。メイクで隠してはいるが、目の下にはすっかりクマができ上がっている。

「でも僕、この辺りの地理に詳しくないし……」

なるほど、と俺は妙に納得した。

晶はさっき、「面倒臭い」と言ったが、それは本心ではないのだろう。

初めて経験することに対しての自信のなさ。

それは光惺も一緒で、あいつもしばしば経験のないことについて「めんどい」と呟《つぶや》いていた。いや、あいつの場合は本当にめんどいだけなのかもしれないが……。

そういえば晶は俺と初めて会った日も道に迷っていた。お使いを頼まれても一人で行くことに自信がないのだろう。だったら——

「美由貴さん、俺が行ってきますよ」

「涼太《りょうた》くん、いいの？」

「ええ、もちろんです。というか、俺にも遠慮なく言ってくださいね」

「ありがとう涼太くん。それじゃあお願いするわね」

「それと晶、町を案内するから一緒に行かないか？」

「え？　僕も？」

「この町に住むんだから、周辺になにがあるか知っておいたほうがいいだろ？」

「それは、たしかに……」

「前にスーパーとかドラッグストアに寄ってからうちに来たんだろ？　他にも知っておくと便利な店もあるし、どうだ？」

「……わかった。じゃあ、一緒に行く」

ちらりと美由貴さんを見ると目が合った。

満足したようにニコニコと笑って俺に向かって頷《うなず》いた。

「じゃあ買ってきてほしいものをメモするからちょっと待ってて──」

＊　＊　＊

美由貴さんが買い出しのリストを作っている間に、俺と晶は外出する準備を始めた。

そういえば、まだ一度も晶と出かけたことはない。

だからかもしれないが、俺は少し楽しみだった。俺と出かけることに抵抗がないのであれば、そのうち一緒にゲーセンや本屋に行ってみたいと思う。

「しっかし、なに着て行こう？」

クローゼットにはいちおう余所行《よそゆ》きの服はある。

けれど、ほとんどは親父が現場から貰《もら》ってきたものばかり。よく知らない俳優さんが着ていて現場で貰ったというシャツは個性的すぎて着て出歩くのにはちょっと勇気がいる。

俺は個性派ではないし、挑戦的なファッションを着こなせるほどオシャレさんでもない。

それに、べつに女の子とデートに行くわけではない。ただ弟と買い出しに出かけるだけだ。

シンプル・イズ・ベスト。もとい、目立たない服装が一番。

「しゃーない。いつものでいっか……」

けっきょく俺はいつも通りのシンプルなシャツとパンツを選んだ。

着替え終わって部屋から出た俺は、ちょうど部屋から出てきたばかりの晶と出くわした。

「準備できたか？」

「うん」

見ればいつも通りのダボっとした感じの服。上は夏だというのに肌を見せないパーカーで、下は割とタイトなジーンズ。初めて晶と出会ったときの服だ。

「その格好でいいのか？」

ファッションについて人のことは言えないが、いちおう聞いてみる。

「この格好、慣れてるし……」

「暑くないのか？」

「べつに……」

「あそう。でもお前、もっとファッションに興味持ったほうがいいぞ？　せっかくモテそうな顔してるんだからさ？」

「べ、べつにモテなくていいし！」

半分冗談で言ったつもりなのに、赤くなってムキになる晶はなんだか可愛《かわい》い。

「そうか？　もったいない気もするけどな？」

俺の場合なにを着てもモテそうにないからな、なんて皮肉は口に出さない。

なんだか晶に負けたようで悔しいから。

「じゃあ行くか」

「うん」

一階に下りた俺たちは、美由貴さんから買い出しのメモとお金、大きめのエコバッグを二つ受け取った。

買うものはけっこう多かったが、リストを見る限り一箇所のスーパーで済みそうだ。

今日は晶もいるから二人で荷物を持てるのもありがたい。

玄関を出たところで俺が待っていると、スニーカーを履いた晶が遅れて出てきた。

だが、そこでいきなり晶が段差でつまずいた。

「きゃっ！」

「おっと！」

慌てて晶を受け止める。

「大丈夫か？」

「う、うん、平気……」

晶はそう言ったが、俺のほうは平気ではない。思わず笑いそうになるのを堪える。

「あ、晶……今、きゃっ！　って言わなかったか……？」

思わず声に出してしまったんだろう。「きゃっ！」は女子が叫ぶときの声だろうに。

「思わず言っちゃっただけだし！　てか笑うなよー！」

「しかもお前、けっこう無駄肉ついてるんだな？」

晶を抱きとめたとき、なんだか柔らかい感触がした。

なるほど、だからいつもダボっとした服を着ているのか、と妙に納得した。

「う、うるさいなー！　てか、どこ触ってんのさ！」

また晶を怒らせてしまった。

まあ、たしかに体形をいじったのは良くない。晶も年頃なのだろうから。

＊　＊　＊

スーパーに向かいつつ、俺は晶の横を歩きながら機嫌をとっていた。

「悪い悪い。気にしてたなら謝るよ。でもさ、お前もうちょい鍛えたほうがいいぞ？」

「それ、どういう意味？」

「最近のお前、基本的にダラダラしてる場面多いからな。リビングだと床に寝っ転がってスマホ弄《いじ》ってるか漫画読んでるかだし、部屋にこもってるときもどうせ寝てばっかだろ？」

「うっ……」

「さっき段差でつまずいたのは運動不足の証拠だな」

晶は痛いところを突かれたという顔をしている。

「つーか油断しすぎ。——まあ、油断してくれるっていうのは嬉《うれ》しいけどな」

「嬉しい？」

「ほら、最初はなんていうか拒絶されてる感じだったから。——晶はもっと隙がない感じなのかと思ってたんだ」

「あ……」

このあいだの顔合わせのことを俺は思い浮かべた。

『——あの、最初に言っておくけど馴《な》れ合いは勘弁してほしい』

晶も思い出したらしく、バツの悪そうな顔をしている。

「……あのときのことは気にすんなよ。俺も親父《おやじ》も気にしてないから」

「ううん。いきなりあんな態度をとって本当に悪いって思ってる……」

「だから気にすんなって。最近は一緒にゲームもしてくれるだろ？　油断している晶を見てると、気を許してくれてんのかなって嬉しいんだ、兄としては」

「兄貴……」

「でもまあ、もっと気を許してくれて構わんぞ？　——こんな感じで！」

「うわっ！」

俺は晶の肩に腕を回して引き寄せた。

晶の身長は160センチくらい。肩幅も狭かったので、腕を回すとちょうど良く晶が俺の脇に収まった。

石鹸《せっけん》のいい匂いが鼻腔《びこう》をくすぐる。逆に俺の方が汗臭くないか心配になった。

「ふ、ふざけないでよ兄貴！」

「ふざけてないぞ？　これは俺からの親愛の気持ちだ」

晶は顔を真っ赤にしながら居心地が悪そうに丸まっているが、拒絶しているわけではない。

俺がこうしているのを許可したというよりも、どうしたらいいのか戸惑っているんだろう。

「兄貴さ、そういうの、誰にでもするの……？」

「いや、晶にだけだな」

「っ――――!?」

「むしろ晶だからかな」

光惺は俺より身長が高いから腕の収まりは悪いだろう。ひなたは……それこそ無理だ。

というよりも、俺自身あまり親しい友達がいないから、こうして気安く接することができるのは弟の晶くらいしかいない。

「ちょっと兄貴、さすがにこのまま歩くのは恥ずかしいんだけど……」

「そっか？　ならやめる」

腕を解くと晶はまだ顔を赤らめていた。

さすがに外で腕を回したのはやりすぎだったか。でも、嫌がったりもしないところを見れば、晶は少しずつ俺を受け入れてくれているのかもしれない。

このまま仲のいい兄弟になりたい。

晶もそう思っていてくれてたら嬉しいと俺は思った。

＊　＊　＊

スーパーに着いた俺たちは、カートを押しながらリストに書いてあるものをカゴに放り込んでいた。

「それにしても兄貴、これって意味あるの？」

「さあな。前になにかで読んだことがあるだけで、効果があるかは知らないぞ？」

俺たちはスーパーを右回りに回っていた。

スーパーは基本的に『人間左回りの法則』に従って商品が左回りに配置してあるらしい。

左回りのほうが右手で商品を手にしやすいからだとか、心臓が左側についているから左に回るほうが心地良いからだとか、理由はいろいろとあるらしい。

とりあえずマーケティングに基づく計算で、左回りのほうが客が長く滞在する上に、ついつい必要のなさそうな商品まで手に取ってしまうということ。

逆に言えば、右回りで買い物をすると滞在時間が短くなり、なおかつ余計なものを手に取らない。だから節約に繋《つな》がるのだ、となにかで読んだ。

効果があるかどうかは正直わからない。

そもそも親父と二人で暮らしていたときは、スーパーの滞在時間なんて気にしたこともないし、欲しいものがあれば賞味期限や値段などを気にせずほいほいとカゴに放り込んでレジに向かっていた。

そんな感じで俺たち真嶋《まじま》家親子は節約とは無縁な生き方をしてきたが、四人で暮らすとなれば話は別だ。両親ともそれなりに稼いではいるらしいが、将来俺や晶が大学に行くとなるとそれなりに金は要るだろう。年子だとなおさら金は要る。

そういう金銭面での負担をなるべく減らしていきたい。

これは俺なりの親孝行のつもりである。

「――で、兄貴。手に取ったそれはなに？」

俺の手には買い物リストにない菓子ががっちりと握られている。

「ほら、ゲームしてると脳が疲れるだろ？　だからゲームしながら糖分をチャージするんだ」

「そこはせめて勉強って言いなよ……」

「そういう晶だってエナジードリンクをカゴに入れてるだろ？」

「これは徹夜で勉強するためで……」

「嘘《うそ》つけ。徹夜でソシャゲでもやるんだろ？」

図星を突かれたのか、晶は「うっ……」と呻《うめ》いた。

「エナジードリンクって糖分めっちゃ入ってんだからな？　それ以上ブクブク太っても知らないぞ？」

「ふ、太ってないからっ！」

俺たち兄弟は菓子コーナーでそんな不毛な言い争いを繰り広げていた。

＊　＊　＊

レジを済ませた後、俺と晶はスーパーを出て家に向かった。

「ほい」

俺は仲良く分け合って食べられるチューブ形のアイス『パキコ』を半分に割って晶に渡した。

「ありがと……」

受け取った晶もチューブの口に吸い付きながら中のアイスを吸い出している。これで共犯だ。

「それにしても晶、やっぱ美由貴さんってすごいな」

つまり、俺たちが右回りをしたのはまったくの無意味。

もっとも、俺たちは逆回りで買い物をしていたからリストの上からではなく下から順番にカゴに入れていた。リスト通り上から買っていた方が、もしかしなくても早かったのだと後々気づいたときには遅かった。

どうりで普段スーパーに行かない俺たちがスムーズに商品を探せたわけだ。

野菜から始まり、肉、魚、惣菜《そうざい》、日用品と――おそらく美由貴さんは俺たちがスーパーで行ったり来たりしないようにスーパーの配置と効率を考えてリストをまとめたんだろう。

「え!?」

「これ、思いつきで書いたもんじゃなくて、スーパーの回り方の順番で書いてあるんだ」

晶はまったく気づいていない様子だったが、俺は買い物をしながらじつは薄々気づいていた。

「え？」

「ちげぇよ！　年齢とか趣味に触れてやるな！　――そうじゃなくて、リストの順番」

「……歳《とし》がけっこういってる割に、平気でキャラ物を使ってること？」

「このメモだよ。見てなにか気づかないか？」

「なにが？」

そもそもリストがあるのなら余計なものは手に取らないだろうし、けっきょく余計なものを買ってしまったのだから右回りの効果はなかったことになる。

まあ、また買い出しを頼まれたら今度はリストの順番で回ってみよう。

また余計なものは買ってしまうかもしれないが……。

「たぶん母さん、昔はスーパーでパートしてたからじゃないかな？」

「フリーのメイクアップアーティストでもそんな下積み時代があったのか？」

「父さんと別れるちょっと前くらいかな……」

「そっか……」

なんとなく察して、それ以上深く掘って訊《き》かなかった。

両親の離婚——俺たちの間に共通する話題。

けれど、まだそこに触れてはいけない気がした。

たとえ共通する話題だとしても、それを話すのは晶との関係がもう少しできてからのほうが良《い》いだろう。

＊＊＊

そうして二人で歩いているうちにパキコも食べ終わり、俺は兄弟ができたら一度はやってみたかったことを晶に振ってみることにした。

「よし、それじゃあ晶、荷物持ちジャンケンだ」

「えぇっ⁉　この重たいのを二つ持つの⁉　絶対やだ！」

「筋トレにもなるだろ？　身体《からだ》を引き締めるには持ってこいだって」

「うへぇ～……兄貴って鬼畜だよね～……」

「いや、エンサム2で容赦なくハメてくるお前が鬼畜とか言うな」

そして厳正なるジャンケンの結果、勝利したのは――

「かっかっかー！　見たか、これも兄の実力だ！」

――俺だった。

なんだろう。ゲーム以外で初めて晶に勝ったからか、とてつもなく嬉《うれ》しい。

「実力って、ただの運じゃ……」

「日頃積んだ徳のお陰だ。運も実力のうちって昔から言うだろ？　というかこれは慶喜や土方《ひじかた》の恨みだと思え。仇《かたき》はとったぞ、天国の二人！」

「なんかムカつく～……」

俺は持っていた荷物を晶に渡した。両腕にずっしりと重みが増して、晶は「うへぇ～」

と情けない声を出しながらエコバッグを抱える。

「重たい～……」

と拗《す》ねたように晶は言い、

「兄貴～……」

と今度は甘えた声を出す。

ゲームでは負けず嫌いなくせに、こういうときは「僕の方が筋肉あるぞ！」なんて張り合ってこないようだ。まあ、実際重たいのだろう。

兄として甘やかすのもどうかと思ったが、可愛《かわい》い弟の悲痛な叫びを無視はできない。

「じゃあ、あそこの道の角で交代な」

「やった—！」

まったく、現金なやつめ。

こういう甘えられ方は……まあ、悪くはないか。

けっきょく晶から荷物を受け取った俺は、そのまま両手にエコバッグを持って家に帰った。

そのあとも晶の機嫌は良く、帰ってからも俺をゲームに誘い、寝る前は俺の部屋に漫画を借りに来たりしていた。

こうして、少しずつだが晶との関係性は深まっていった。

関羽《かんう》と張飛《ひょうひ》まではいかないが、確実に俺たち義兄弟の絆《きずな》は固まっていた——かに見えた。

8 AUGUST

8月2日（月）

今日は母さんに頼まれて兄貴と一緒に買い物に行った。

正直、ちょっとめんどくさかった。

兄貴はもしかして母さんに気があるのかな？

そうじゃなくても兄貴はちょくちょく母さんの体を眺めている……。

男って、ほんと……。母さんに負けたようでムカつく！

そういえば兄貴にファッションのことを言われたけど、言われてみて、もうちょっと気を使ったほうがいいかなって思った。

……兄貴は女の子らしい服が好きなのかな？

前に母さんがもらってきた服はあるけど、あれ着たらさすがに兄貴も驚くよね？

いや、玄関先で抱きかかえられたとき、女の子っぽいってバカにしてきたし、たぶん兄貴は私のことを弟みたいにしか思ってないのかも……。

やっぱあの服を着るのはナシ！

というか、無駄肉なんてついてないし、ホント失礼！

いきなり肩を組んでくるとか、ドキッとしちゃうしズルい！

でも、今日も兄貴の優しい一面が見られたー！

私が荷物持ちジャンケンで負けたときも、交代するって言って、そのあとずっと家までなにも言わず持って帰ってくれたし、ちょっと変だけど、頼りになる人って感じ。

母さんたちの離婚の話に触れそうになった。

でも、兄貴は「オレも一緒で～」とか言わず、それ以上ずけずけと聞いてこなかった。

一緒にいてホント楽。私のこと、ずっと気遣ってくれている……。

もっと兄貴のことを知りたい。仲良くなりたいな……。

この気持ちは、兄妹だから？

それとも……。

第5話「じつは義弟《おとうと》と風呂《ふろ》に入ることになりまして……」

そして事件は、晶《あきら》たちと一緒に生活するようになって三週間後に起きた——

俺と晶はその日も相変わらず二人でダラダラと過ごしていた。

晶は最近買ったばかりのRPGにハマっているようで、わざわざ攻略本まで買ってきてやり込んでいる。

ちなみに晶はこまめにセーブして慎重に進めるタイプ。しかもどんどんセーブスロットが増えていくので、ただひたすら一箇所に上書きを続けてきた俺との性格の差を感じる。

その俺はというと、晶がゲームをする横で積んでおいた漫画やラノベを読み漁《あさ》っているが、

「兄貴、疲れたからちょっと交代して」

と、晶が休憩しているあいだ、地味なレベル上げやアイテムドロップ狙いの戦闘だけ任せられている。

まあ、手伝っているというよりは晶に使われているという感じが強いが、それはそれで

悪い気はしない。

「ちょっと二人とも、夏休みの課題は大丈夫なの？」

さすがにこのダラダラが目に余ったのか、この日初めて美由貴《みゆき》さんにたしなめられた。

「俺はスロースターターなんで大丈夫です」

「僕はちょくちょくやってるから大丈夫。無理そうなら兄貴に手伝ってもらうから」

「ちょっと待て、そんなのいつ決まった⁉」

「前に言ってたじゃん？　勉強教えてやるとか」

「あ、あれは転入試験のときだろ？　さすがに人の課題を手伝う余裕はないぞ！」

そんな俺たちのやりとりを美由貴さんは苦笑しながら眺めていた。

そうそう、晶の転入試験は無事に合格し、晴れて二学期から俺と同じ結城《ゆうき》学園に通うことになった。一緒に登下校すると晶に言うと、なんだか嬉しそうだった。

こんな感じで、気づくとすっかり俺も晶も自然体で過ごしていた。

晶がどう感じているかわからないが、だいぶ互いの距離が縮まった、と俺は思っていた。

――そんな矢先に起きた事件である。

＊＊＊

「じゃあ、私はそろそろお仕事に出かけるから、二人とも、ちゃんと夏休みの課題をやること！　――それじゃああとはよろしくね」

昼過ぎ、身支度を整えた美由貴さんが依然ダラダラとリビングで遊び耽《ふけ》っていた俺たちに声をかけた。ドラマの撮影が夜にあるらしく、これから仕事に出るらしい。

「わかった～」

「いってらっしゃい」

リビングで美由貴さんを見送ったあとくらいに、今度は親父《おやじ》から電話がかかってきた。

『涼太《りょうた》、美由貴さんにはさっき連絡したんだが、どうやら今晩も帰れそうにないな』

「そっか。仕事、大変そうだな？」

『まあ、いつものことだ。スポンサーが横槍《よこやり》を入れてきて監督ブチ切れ。で、背景からやり直しだってよ』

「あはは、大人の世界も大変だな～」

『というわけで、家のことは頼んだぞ』

「おう、任せとけ。俺と晶できっちりやっとくから」

電話が切れたあと、晶が「どうしたの？」と聞いてきた。

「親父、また泊まり込みだってさ」

「おじさんも仕事大変なんだ……」

「まあ、楽しそうだからいいけどな」

「母さんもドラマの撮影が深夜まであるから遅くなるみたい」

「働き方改革ってやつはどうなってんだろうな？」

「まあ、母さんもワーカーホリックなところがあるからべつにいいんじゃない？」

「とはいえ、自宅にとり残された俺たちはどうなる？」

するとり晶はふふっと口の端を上げた。

「そんなの、わかりきってるじゃん？」

「だよな？　グフフフ……」

俺たちは揃《そろ》って下卑た笑いを浮かべた。

「とりま晩飯はピザでも頼むか？」

「いいね〜。あ、僕はトマトソース系だったらなんでもオッケー」

「俺はとにかくチーズが載《の》ってるやつだな。——よし、じゃあ選ぶか」

こうして俺たちはこのあともダラダラと過ごす計画を立てた。

夏休みの課題はどうしたかって？

そんなものは夏休みの後半に追い込まれて必死にやったほうがより実力がつくというものだ。俺は自分に厳しいタイプなのである。

よって今宵《こよい》は愛すべき弟と享楽に耽るとしよう。

――けれど、家庭で起きる事件というのは大概親の留守中に子供だけでいるときに発生する。

高校生である俺たちもご多分にもれず。

というか、俺が一方的にしでかしてしまったんだ……。

＊＊＊

夕方、ピザを食べながら、俺たちはゲーム攻略に勤《いそ》しんでいた。

ただ、俺はさっきからどうしても気になっていることがあった。

晶の口の周りにピザのトマトソースがついている。一箇所どころか、けっこう広範囲に広がっていて、大げさに言えばサーカスのピエロ状態になっている。

本人は気づいていないのか、それとも気にしていないのか、ゲーム画面に集中していてまるで拭こうとしない。

「なあ晶、口の周りにトマトソースがついてるぞ？」

「へ？　どこ？」

「どこというか全体的にまんべんなく」

「え？　嘘《うそ》、マジで？」

晶はティッシュで拭くが、ソースは意外に手強《てごわ》く、拭いたはいいが今度は伸びてしまった。

「ちょっと貸せ――ほら、これで取れた」

俺がウエットティッシュで拭いてやると、晶は耳まで真っ赤になった顔を慌てて逸《そ》らした。

高一の割に幼稚園児並みの可愛《かわい》い失態を俺に見られたからだろうか。

「あ、ありがと……」

「まったく、ゲームに集中しすぎだろ？」

俺は笑ってみせたが、じつは晶の照れた顔を見てなんだか面映《おもは》ゆい気分だった。

やっぱりこうして見ると晶の顔はとても綺麗《きれい》だ。

それでいて表情の変化も見ていて楽しい。

最初は無愛想でいけすかない感じだったが、今では笑ったり、呆《あき》れたり、拗《す》ねたり、怒ったり、そして今みたいに照れたりと、表情のバリエーションも増えてきた。

良《い》い意味で油断してくれている。その油断が兄としてはとても嬉《うれ》しい。だから――

「……晶、俺はお前と兄弟になれて嬉しいと思ってる」

つい、その気持ちを口に出してしまった。

「な、なんだよいきなり……」

晶は引くというより照れてる顔を見せた。

「本心だよ。晶がいなかったら俺は一人でダラダラと過ごすだけの夏休みだったと思う」

実際、晶と美由貴さんが来てこの家は前よりも明るくなった。

最近では上手《うま》く折り合いをつけているというよりも自然体で一緒に過ごせている。

最初は不安だった新生活も、蓋を開けてみればこんなものだったのかと笑えるくらいに。

「べ、べつに僕じゃなくても誰かと遊んだら良くない？　兄貴ってさ、友達とかいないの？　夏休み、ずっと僕と過ごしてるよね？」

「まあ、いるっちゃいるが、少ないな」

少ない、と見栄《みえ》を張ってしまった。友達といえば光惺《こうせい》くらいしか思いつかない。

そう考えると、あいつがいなかったら俺は学校で本当にボッチだったのかもしれない。

「兄貴、けっこう友達いそうに見えるけど……」

「買いかぶりすぎだよ。どっちかって言えば、たくさん友達がいるよりも、少ないけど深い関係ができたほうがいい──」

──という、ボッチ理論。要するに強がり。

俺は不特定多数の人と関わるのが苦手だし、特定の少数と関わるほうが楽に感じる。

そういう意味では、中学から付き合いのある光惺と連《つる》んでいるほうがよほど楽なんだと思う。

ひなたは……やっぱりちょっと気まずいな。

「晶はどうなんだ？　俺と兄弟になって良かったと思うか？」

「それは……」

すると晶の表情が少し暗くなった。

戸惑っているのか、そう思ってくれていないのか。

どう答えていいのかわからずに言葉を詰まらせていた。

「やっぱり嫌だったか？」

「ううん、そうじゃない……。ただ、兄貴と一緒にいると、ときどき変なんだ……」

「変？」

「こう、胸の中がザワザワするっていうの？　なんていったらいいかアレだけど――」

今度は顔を赤らめた。

「――あ、でも、兄貴と一緒にいるのはすごく楽しいよ！」

「なら良かった」

少なくとも、俺と一緒にいてそう感じてくれているのなら嬉しい。

「ただまあ欲を言うと――」

まだまだ本心をさらけ出せるくらいには俺たちの距離は縮まっていない気がする。

「――俺はもっと晶との距離を縮めたいな……」

互いに親の離婚を経験した者同士、その辺りの話ができるくらいに。

「え⁉　それってどういう意味⁉」

「だからもっと気を許せってこと。頼りないかもしれないけど、いちおうお前の兄貴だからな」

「あ、兄貴だから、ね？　あははは――……」

また一つ打ち解けたところで、俺はようやく踏ん切りがついた。

「よし！　じゃあ晶、一緒に風呂《ふろ》に行くか！」

晶と距離を縮める方法はこれしかないと踏んで、俺は晶に前々からやろうと決めていたことを提案してみた。

「え？　……えぇぇぇぇ――――!?」

晶は急に真っ赤になって叫んだ。

「なに驚いてんだよ？　兄弟同士で背中を流し合うっていうの、前から一度してみたかったんだ。裸の付き合いってやつ？」

「は、はははは、裸の付き合い!?」

「照れんなって。ただ背中を流すだけだ」

「だ、だけって、ほ、本気なの!?」

「ああ。嫌か？」

「嫌とかじゃなくてそんなのダメだよ！　お互いの裸を見ちゃうんだよ!?　気を許すどころの話じゃないよそれっ!?」

「俺は気にしないが？」

「僕は気にするの――――！」

よほど自分の体形に自信がないようだが、それは俺も同じ。この夏休みのダラダラ生活でちょっと身体《からだ》が重くなった気がする。

「恥ずかしいならタオルを巻けばいいし、お互いに背中を見せるだけだから大丈夫だろ？」

「ほ、本当に、背中を流すだけ!?」

「それ以外になにがある？　――あ、髪は自分で洗うから大丈夫だぞ？」

「そ、そういう問題じゃなく！　その――……」

「やっぱ嫌か？」

「さすがに高校生になってそれは……。そもそも兄妹だし……」

「兄弟だからこそだろ？　俺はたまに親父《おやじ》と銭湯に行って背中を流したりしてるぞ？」

「それは、だから、親だから、おじさんだからで……」

「それだそれ。晶、小学校とか中学校のときの修学旅行、風呂はどうした？」

「ど、どうしたってどういう意味？」

「みんなと大浴場に入ったのか？」

「ううん……。ホテルの部屋でお湯を張って順番に……」

「温泉とかサウナは行ったことはあるか？」

「ないけど……」

やっぱりか。

晶はそもそも他人の裸を見慣れていないのだろう。

晶と距離を縮めることも大事だが、俺はそっちのほうが心配になった。

「これから家族旅行で温泉に行ったり、高校の修学旅行だってある。常に個室で風呂に入れるわけじゃない。誰かと風呂に入る経験をどこかでしておかないと、将来困ることになるかもしれないぞ？」

「そ、それは、そうかもだけど……。な、なんで兄貴と……」

「俺は兄として晶の将来を思うと心配なんだ。だから、余計なお世話かもしれないけど、晶のためにひと肌脱ごうと思ってな」

「で、でも、それはさすがに無理！　おじさんとか母さんにバレたら……」

「どうして親父たちの話が出てくるんだ？　大丈夫だろ、これくらい」

「これくらいで済まされちゃうレベルなのっ⁉」

でもまあ、あの二人にバレたところでどんな反応をするかは予想がつく。

「たぶん親父も美由貴さんも、随分仲良くなったなぁくらいにしか思わないだろ？」

「いやいやいやいや、それどころの話じゃないってばー……。二人にバレたらさすがにまずいって……」

　随分とそこにこだわりを持つんだな？

　いやしかし、バレたらまずいってことは、バレなかったら問題ないってことだろう。

「そこは兄弟の秘密ってことでバレないようにしよう。まあ、今日は親父も帰ってこないし、美由貴さんも夜遅いから大丈夫だ」

「兄妹の秘密……」

「ああ。どうしても親父たちに秘密にしたいんだったら」

　晶はしきりに左肘を右手でさすり、顔を真っ赤に染めて、やがて上目遣いで俺を見た。

「兄貴……。僕のこと、好き……？」

「え、ああ……。もちろん晶のことは好きだぞ」

　なんだか変な気分になりながらも、俺はそう返した。

　もちろん「家族として」だから深い意味はないが、晶にとっては大事なことなのかもしれない。

「もしバレたら……責任取ってくれる？」

「もちろん。なにかあれば責任は取るつもりだ」

「…………」

　多少強引な誘い方だったかもしれない。

ただまあ、無理は通せないからここで晶が嫌だと言ったら諦めるつもりだったのだが――

「――じゃあ、せ、背中を流すくらいなら……」

晶は照れつつも承諾してくれた――いや、承諾してしまったんだ。

＊　＊　＊

先に服を脱いだ俺は浴室で晶を待っていた。

良い意味で、なんだか緊張する。

もちろん目的は晶との距離を縮めるだけでなく、晶の将来を考えてのこと。

前に俺の全裸を見て晶が驚いて逃げて行ったことがあったが、これを機に少しでも免疫ができてくれたら嬉しい。

とりあえず前をタオルで隠し、扉に背を向ける形で風呂椅子に腰掛けた。そして――

「し、しつれーします……」

浴室の扉が開け放たれ、いよいよ晶が風呂場に入ってきた。

「おう。それじゃあ早速やってくれ！」

「は、はい……。よろしくお願いします……」

なぜ敬語？　とは思ったが、やはり晶も緊張しているのだろう。

ただ、これが上手くいけば、今後晶と一緒に銭湯に行ったり、たまに家でも背中を流し合ったりすることも可能なのではないかと俺は踏んでいた。

人間は一度妥協を許すと二度目、三度目が「まあこれくらいだったらいいか」と習慣化する。

そんなわけで、晶も次回から今日ほど抵抗することもなくなるはずだ。

そんなことを考えていると、すっと俺の背後に晶がしゃがんだ。

俺の正面にある鏡は曇っていて後ろの状況はぼんやりとしか見えない。

ただ、晶がどんな顔をしているのかは容易に想像がつく。

おそらく羞恥に耐えているのだろう。ここは少し緊張をほぐしておくか。

「そういえば晶、こうして誰かの背中を流す経験って今までにあるのか？」

「小さいとき、お父さんの背中を流したときくらいかな……」

「じゃあやり方は覚えているか？」

「ううん、あんまり覚えてない……」

「まずは先にお湯を湯船からすくって背中にかけてくれ」

「わ、わかった……」

晶は言われた通り風呂桶《ふろおけ》で湯船から湯をすくい、俺の背中にちょろちょろとかけていく。

「もっとザパーとかけていいぞ、ザパーって」

「う、うん……」

晶は俺に言われた通りにした。

俺の背中に一気に熱いお湯がかかると、

「くぅ〜……気持ちいい〜！」

心の声がついもれ出てしまった。

「ちょっ！　兄貴、変な声出さないでよっ！」

「いや、だって気持ちいいのは事実だし。――それよりもほら、もっとぶっかけてくれ」

「わ、わかった……」

そのあと二度、三度と背中から全身にかけてお湯をかけてもらった。

「よし、じゃあ次は背中を洗ってくれ」

「うん……」

俺が普段使っているボディーソープを晶に手渡す。

後ろでシュコシュコと洗浄剤を出す音が聞こえ、次にクチュクチュと泡立てる音が聞こえてきた。

――いよいよか。

待ちに待ったお楽しみタイムの始まりだ――

「よーしじゃあ一気に……――うひゃっ⁉」

「え？　え？　え？　ど、どうしたの⁉」

「ちょっ、なにしてんだ晶っ！」

「え⁉　僕なんかしちゃった⁉」

「なんでボディーソープのついた手で、背中を洗うんだよ！」

なんかしちゃったのレベルではない。

洗浄剤と泡でヌルヌルになった晶の柔らかな手が背中を這《は》ったとき、思わずぞわっと全身の毛が逆立ってしまった。

「だ、だって僕、いつもは手洗いだし……」

「そ、そっか。それは怒鳴って悪かったな……。俺もたまに手洗いすることもあるが、基本的にこういう場合はボディータオルでゴシゴシとやるもんだぞ？」

「そ、そっか⁉　そうだよね⁉　なんか変だなぁーって思ってたんだ！」

だったら最初からボディータオルを使え、と心の中でツッコんでおいた。

「さすがに手洗いはな～……。――あ、そこに青いやつがあるだろう？　それで洗ってくれ」

「う、うん……」

晶はボディーソープを泡立てたタオルを俺の背中にあてがった。

「じゃあ、いくよ？」

「よしこい！」

力の入れ具合だが……絶妙にぬるい。

まるで背中を撫《な》でられている感じで、これだとさっきの手の感触とそう変わらない。

「晶、俺の背中はそんなにヤワじゃないぞ？」

「え？　もっと力入れていいの⁉　このタワシみたいに硬いタオル、痛くないの？」

「平気だ。むしろ赤くなるくらい痛いのが丁度いい」

「ほ、本当にいいの？」

「ああ。だからもっと力を入れて一気にいってくれ！」

「わ、わかった……」

晶は俺の背中の中心、首の下あたりにボディータオルをあてがった。

晶の腕の力、というよりも体重の一部が俺の背中にかかる。そして――

「ひゃっ！」

「おわっ！」

どうやら力を入れようとした瞬間手か足が滑ったらしく、俺の背中に晶の体重が乗っかった。

俺は前のめりに踏ん張ったので、なんとか晶を支えることができたのだが――

「大丈夫か？　あき――」


――……なんだこの感触は……。


俺の肩甲骨《けんこうこつ》のあたり、なにか柔らかいものが当たっている。

その柔らかいなにかは晶の体重ごと俺の背中に押し付けられているせいで広範囲に広がっているが、一方で弾力もあり、元の形に戻ろうとごくわずかな抵抗をみせた。

次の瞬間、それは俺の背中に触れつつも二つに分離した。

それら一連の動作を背中で感じとったとき、なんとも言えない情動が俺の中で湧き上がった。

堪《たま》らず俺は身体《からだ》をさらに前かがみに倒した。

しかし、それがかえって良くなかった。

「きゃあ！」

俺がさらに前のめりになったせいで、晶の身体がさっきよりも密着する。

そしてまた俺の背中に柔らかな感触が広がった。

そのとき、天啓ともいうべきか、圧倒的閃《ひらめ》きとでもいうべきか……。

知識、経験、本能、想像、科学、神秘——それらが瞬時に結びつき、その不確かな柔らかさの正体が俺の脳裏で確かなものへと形成されていく。

そして、今ここに、はっきりと、俺は理解した。

——それは、圧倒的に、まごうことなき『おっぱい』だったのである。

晶が俺から離れ、若干の静寂が流れる。

天井から滴《したた》った水滴がチャポンと湯船を叩《たた》いたとき、俺ははっと我に返った。

「……あの、晶さん？　ちょっとよろしいですか……？」

最初に沈黙を破ったのは俺の方だった。

「な、なに？　というか、なんで敬語……？」

羞恥と混乱。

どちらが先かはわからないが、俺の頭の先から全身に毒のように広がり、感覚はすでに麻痺《まひ》し、心臓の鼓動は限界に近づいていた。

俺は一旦冷静になろうと努める。

その上で、ここで一つ、はっきりさせないといけない問題が浮き彫りになった。

「つかぬ事を訊くようで悪いんですが――」

問わなければならない。

しかし問うのはためらわれる。

いっそこれが夢であってほしい。

そう願ってはみたが、背中にいまだ残る感触がこれは現実だと物語っていた。

そうして俺は、恐る恐る口を開いた。

「――晶さんは、弟じゃなくて、妹だったんですか……？」

口に出した瞬間、晶と出会ってから今日に至るまでの出来事が走馬灯のように流れた。

あとあと考えれば不思議だったが、どうして俺は晶を弟だと思ったのだろう？

「きょうだい」ができると聞いて、俺はこれを素直に受け入れた。そこから俺の勘違いは始まったのだが、俺はこれを少しも疑わなかった。

思い起こせば、気づくきっかけはこれまでにいくらでもあった。

それなのに、俺はそれらをことごとく無視して、ただ自分に都合のいい真実のみに目を向け、すっかり晶が弟だと信じ込んでしまっていたのだ。

『まあほら、お前、鈍感だし』

突然、親父《おやじ》の言葉が思い起こされた。

いやいや、鈍感で済まされるレベルじゃないだろ、これ……。

だが、まだ答えははっきりと出ていない。

ワンチャン、胸の膨らみがある弟の可能性だってある……はず。

できれば「違う」と晶から聞きたかったのだが——

「そ、そうだけど、今さら……？　だからなんで敬語？」

――現実はあまりにも残酷だった。

「……今まで、ほんと、すみませんでした！」

俺は晶を見ないように身体を流し、脱衣所で身体を拭いて、廊下に出た。

心臓が今にも飛び出しそうなくらい脈を打っていた。

やがて晶も浴室から出てきたらしく、扉の向こう側で服を着る音が聞こえてきた。

「兄貴、もしかして、まだそこにいるの？」

「あ、はい……。まだここに、というか、ほんとごめん！　じつは俺、ずっと晶のことを弟だと勘違いしてました！　すみません！」

俺は脱衣所の扉越しに、ただひたすら平謝りに謝った。

弁解の余地もないし、情けないくらいに合わせる顔もない。

扉を隔てて話すのがやっとだった。

「はぁ～……。兄貴、まさか僕のこと、ずっと弟だと思ってたんだ……」

「本当に申し訳ない……」

「……もういいって。――僕も、いろいろ勘違いしちゃったし……」

「え？　勘違い？」

「な、なんでもない！　とりあえず、今日のことは絶対に秘密だからね！」

「はい……」

とはいえ、晶はきっとショックを受けていると思う。

いたたまれなくなり、俺はそのまま一人自室に向かい、まっすぐに布団《ふとん》に入った。

もう寝よう……。

だが、これまでの出来事を思い出して、なかなか眠れない。

明日から、晶にどんな顔で会えばいいのだろう……。

8 AUGUST

8月11日（水）

この家に来て今日で3週間が経った。

今日はおじさんが仕事でいないし、母さんも深夜まで帰ってこない。

兄貴とピザを食べて、ゲームをしていると、兄妹になれて嬉しいと言われた。

最初は兄貴から仲良くなりたいと言われて、お父さん以外の男の人とそれは難しいと感じていた。でも、気づけば私のほうから兄貴に近づいている。

これはすごい変化のような気がする。

兄貴はもっと私との距離を縮めたいと言ってくれた。

こんな私を、兄貴は本当に大事に思ってくれていると思って、嬉しいというか、なんだか照れくさかった。

でも、さすがに一緒にお風呂に入るのはおかしい……。背中を洗うだけって言われたけど、フツー高校生にもなって兄妹でお風呂に入ることなんてあるの？　というか、義理だし……。

おかしいなと思っていたら、その理由が判明……。

なんと兄貴は、私のことをずっと弟だと思っていたらしい……。

ありえる？　3週間も一緒に生活してて、そんなのってありえる？

でもまぁ、兄貴って、前からちょっと変だなぁって気になっていたけど、やっぱりどこかずれていたってわかった。

おじさんによく似てる。ちょっと残念な人。明日からどんな顔をして会えばいいんだろ？

兄貴、私が妹だって知ってやっぱり落ち込んでるのかな？明日から気を使われるのかな？

そんなのイヤ。兄貴とこのままでいたいのに……。

ううん、私はもっと兄貴に近づきたい……。

第6話「じつはとんでもない勘違いをしていたと判明しまして……」

——大いなる勘違いが歴史に残ることもある。


例えば、いよくに（1492）燃えるコロンブス。

彼は西方航路によってインドに向かうはずが新大陸を発見。

しかし、先住民たちを見てインドに到着したと勘違いしたあげく、生涯アメリカ大陸をアジアだと思い込んだまま没したという。

アジアとはだいぶ離れたアメリカ合衆国のフロリダ半島南端に「西インド諸島」があるのはそういう理由があってのことだ。


塾（19）で吐く（89）ほど習ったベルリンの壁崩壊。

記者会見にて「すべての東ドイツ国民に、東ドイツからの出国を認める」と発表した東ドイツ政府のシャボウスキー。

彼は記者たちに「いつやるの？」と聞かれて「今でしょ！」と答えてしまった。

じつは、彼はそのことを決議する会合に出席しておらず、うっかり解禁前の内容を前日に喋《しゃべ》ってしまった上に、政府の意向とは異なることを発表してしまったらしい。

結果、そのニュースを知った民衆が検問所に殺到。

一夜にして築き上げられた「恥の壁」は、一人の男の勘違いで一瞬にして突破され、あっという間に崩壊したという。

この出来事は「歴史上最も素晴らしい勘違い」とも称される。

そして俺史に残る勘違いと言えば……昨日発覚した晶《あきら》の「弟妹《ていまい》勘違い」。

晶と出会ってから昨日まで、俺は義理の妹を弟だと勘違いしていた。

俺は彼女に合わせる顔がない。

できたら！　もっと早いタイミングで！　迅速かつ正確に！　その事実を知りたかったものだ！


——と、翌日の昼前、リビングで親父と美由貴《みゆき》さんに話していたところ、

「いや、俺、歴史苦手だしよくわからないなぁ。中学の時、社会の成績２だったっけ……」

「私も苦手よ。コロンブスさんは名前に『ブス』が付いちゃってかわいそうだけど、シャボンスキーさんはお洗濯が好きなのかしら？　それともお風呂好き？」

と、残念なまでに俺の話は理解されていなかった。そもそもこの二人に歴史を絡《から》めて説明したのが間違いだった。

「そっちは重要じゃない！　晶だよ晶！　どうして妹だってはっきりと教えてくれなかったんだ！　あとシャボンスキーじゃなくてシャボウスキー！」

ただの八つ当たりだということはわかっている。けれどやり場のない怒りと後悔が後から後からこみ上げてくる。

「とにかく、俺は晶をずっと弟だと思って接してたんだ……」

今さら悔やんでも遅いが、弟だからという認識であれやこれやとしでかしてしまった。

いや、今は俺のことよりも晶だ――

『――晶さんは、弟じゃなくて、妹だったんですか……？』

――普通、三週間も経《た》ってからそんなことを訊《たず》ねるバカがいるか？

弟だと思ってました、なんて伝えられて、女の子がショックを受けないはずがない。

晶には、もういいって、と言われたが、やっぱり傷ついているのだろう。

ああ、なんて勘違い、なんてことを口走ってしまったんだ、俺は……。

「俺はただ、晶を傷つけたんじゃないかって心配で……。晶に言っちゃったんだ、『妹だったんですか』って……」

「あらあら……。私はてっきり太一《たいち》さんが言っているものとばかり……」

「涼太《りょうた》、お前って残念なやつだよな……」

「あんたにだけは言われたくない！　あとそんなかわいそうな目で見るな！」

「やーいやーい、鈍感息子ー！」

「ぐぬぬぬぬ……」

「まあまあ落ち着いて」

美由貴さんは苦笑いを浮かべていた。

「晶が『きょうだい』だということには変わりはないわ。ここ最近の二人の様子を見てて思ったんだけど、涼太くんがそこまで気にする必要はないんじゃないかしら？」

いや、気にする必要は大いにある。口には出せないけれど、いろいろと……。

「ところで涼太くん、どうして晶が女の子だってわかったの？」

「ふぐっ……!?」

「そうだ涼太、お前どうやって知ったんだ？」

「ううっ……」

「どうなの涼太くん？」

「どうなんだ涼太？」

にやける大人二人に問い詰められ、頭の中があれやこれやでいっぱいになる。

まあ、実際これまでにも散々やらかしたんだが、しかしここで、昨日あった子細《しさい》を言えるだろうか？

一緒にお風呂に入ったら晶におっぱいがあったんだ、なんて言った日には、俺はたちまちこの家から追い出されてしまうだろう。……口が裂けても言えない。

うまい言い訳が思いつかずにいると、

「――三人でなに話してんの？」

晶がリビングにひょっこりと顔を出した。

「晶っ⁉」

「ああ、えっと……。ちょっと涼太から歴史の話を聞かされてたんだよ、うん……」

親父《おやじ》、ナイスフォロー――

「そうそう、『黒歴史』ってやつ？」

──美由貴さん⁉

「コ、コロンブスの新大陸発見とベルリンの壁崩壊について話してただけだ！」

「はぁ？　ちょっとよくわからないけど──兄貴、今いい？」

そう言って腕を掴《つか》まれたのだが、俺はそれすらもびくりと反応してしまう。前までは気にしなかったのに。

「え？　俺？」

「上で話したいことがあるんだけど……」

「え？　あ、うん……」

俺は晶に連れられてリビングを後にした。

去り際、両親と目が合う。美由貴さんは「ガンバレ」と俺にそっと合図し、親父は「バーカバーカ」という顔で俺を見た。……親父、あとで覚えてろ。

それにしても晶がこのタイミングで俺を呼び出すってことは、やっぱり昨日の件だよな……。

＊　＊　＊

俺と晶は二階に上がり、そのまま俺の部屋に入った。

晶は俺のベッドに座り、俺は机の椅子に腰掛ける。

じつに昨夜の風呂《ふろ》ぶりの対面で、自分の部屋なのにとても居心地が悪い。

「晶、話って？　もしかして――」

「昨日のお風呂のこと、あの二人に言った？」

「え？」

「言った⁉」

晶は頬を赤らめつつ、訝《いぶか》しむような目で俺を見ている。

「風呂での一件は言ってない……。晶が妹だったことを今さら知ったって話した……」

「……あとは？」

「晶を、その……傷つけたんじゃないかって、どうしたらいいか訊《き》いてみたんだ」

若干の沈黙が流れ、晶は大きなため息をついた。

「良かった～……」

「え？」

「兄貴、昨日も言ったけど、お風呂の件は絶対秘密！　いい？」

「あ、うん……」

「それから兄貴が心配してることだけど、僕はそんなに気にしてないから」

「え？　でも、俺はずっと晶を弟だって勘違いしてたんだぞ？」

「それはまあ、平気」

「平気、なのか？」

「前に兄貴の裸、見ちゃったし……。これでおあいこでしょ？」

「うっ……!?」

とてもイーブンになるとは思えないが……。

「僕も——いや、この『僕』って言い方とか、服装とか、全然女の子っぽくないから兄貴を勘違いさせちゃったんだし。それに、お風呂の件は僕も了解したことだから……」

「あ、晶はなにも悪くない！　三週間も一緒に過ごして気づかないほうがおかしいから……」

「それはたしかに。兄貴、ちょっとおかしいっていうか、変わってるもん」

晶は呆《あき》れたように笑ったが、そこに嫌味は感じられない。

なんだかひどく安心した。

心にかかる靄《もや》が晴れていくような、そんな安堵《あんど》のため息がこぼれた。

「でも、やっぱりごめんな、晶……。これまでのことも含めて帳消しになるとは思ってないけど、俺にできることがあればなんでも言ってほしい」

「……だったらさ、これからも今まで通りでいてくれないかな？」

「今まで通りって？」

「一緒にゲームしたり、漫画の貸し合いしたり、買い物行ったり……弟みたいな、そんな感じ」

「そ、それはもちろん。そんなもんでいいなら……」

「あと女だからってよそよそしいのはやめてほしい。今まで通りがいいな」

「今まで通り？」

「兄貴、今だって僕と距離を置いてるよね？　いつもだったら、もっと僕の近くに座るし」

「それは……――」

言葉に詰まった。

いかにジェンダーレスが叫ばれる昨今でも、性別を意識するかしないかでは対象への接し方に差が出てくることは否《いな》めない。

当たり前は無意識の偏見だという意見もあるが、俺は晶のこの思いに反して、これから無意識のうちに晶を女性として接してしまうだろう。

端的に言えば、気を使う。気を使わなければならない。

例えば、一定の距離感を保ったり、いきなりじゃれついたりなどしない、そんな感じで。

「――今まで通りは難しいと思う。その、妹でも、やっぱり女の子だし、意識してしまうと思うから……」

「じゃあ――」

晶はなぜか少し頬を赤らめ、にこりと笑った。

「――今以上に僕との距離が近くなれば逆に意識しなくなるよね？」

「今以上に……？　どういう意味だ？」

「まだ中途半端《ちゅうとはんぱ》だから女の子って思って距離を置いちゃうんじゃない？」

「いや、しかし、それでもなぁ……」

「兄貴、昨日言ってたじゃん――」

『――俺はもっと晶との距離を縮めたいな……』

「──あの言葉、本心じゃなかったの？」

「うぐっ……」

もはや呻《うめ》くしかない。

あの言葉が今になって、これほどの特大ブーメランになって返ってくるとは……。

「……いや、本心だ」

「もっと気を許していいって言ってたけど、あれって弟限定なの？」

「いや、違う」

「だったら妹でも、もっと兄貴に気を許して構わないよね？」

「ま、まあな……」

ダメだ。これまでの言葉が全て全身に突き刺さる。

どれだけ特大ブーメランを投げっぱなしにしてきたんだよ、俺……。

「だったら、僕をちゃんと妹として見てよ？　弟みたいに見えるかもしれないけど」

晶はそう言って悪戯《いたずら》っぽく笑った。

その笑顔に、不覚にも、俺は、赤面してしまった。心臓の鼓動が高鳴る。

これはなんだかまずいんじゃないか？

妹だと、女の子だと意識すればするほど、晶がどんどん可愛《かわい》く見えてしまう。

このまま晶と距離を縮めていったら、べつの方向に関係が深まっていく気がしてならない。

俺の杞憂《きゆう》であればいいのだが……。

「兄貴、なんで真っ赤になってるの？」

「べ、べつに……」

「もしかして、僕が女の子だって意識しちゃって、照れてる？」

「照れてない……」

「本心は？」

「もう少し、お手柔らかに、頼むよ……」

俺がきまりの悪そうな表情を浮かべていると、晶はあははと笑った。

「ということで、兄貴にはもっと妹に慣れてもらいます！」

「は？　慣れる？」

「兄貴、こっちきて」

晶はベッドの上をポンポンと叩《たた》いて隣に座るように勧めてきた。

ためらいつつ、俺は椅子から立ち上がった。

言われるままに晶の左に座ると、ベッドが軋《きし》みながら沈む。

なんだかとても居心地が悪い。なにをするつもりだ？

「晶——」

「えい！」

「うわっ！　ちょっ——」

突然俺は押し倒された。

晶はそのまま俺の腹の上に馬乗りになる。その衝撃でベッドが激しく軋んだ。

「えへへへー」

「な、なにしてんだよ、晶？」

「兄貴、どう？　照れてる？」

「か、からかうなよ……」

「からかってなんかいないよ？　これは訓練だから」

ベッドの軋む音が一階にいる両親に聞こえていないか心配になった。これは見られたらかなりまずい体勢だ。幸い、階段を上がってくる音は聞こえない。

恥ずかしくなり顔を壁の方に向けたが、腹の上にかかる重みは無視できない。そうして晶の熱がほんのりと伝わってくると、言いようのない羞恥がどっと押し寄せてきた。

「……晶、なにする気だ？」

「だから訓練だって。こんなことしても照れないように慣らすんだよ？」

「訓練って……」

「よいしょっと――」

晶はそのままいつも着ているダボっとした上着を脱ぎ始めた。

「なんで脱ぐんだ⁉」

「シィ――――！　そんなに大きな声出したら下の母さんたちにバレちゃうよ？」

晶の腹が見えた。

想像していた無駄肉の付いた腹などとは程遠い、白くて細いウエストだった。

晶は上着を脱ぎ終わると、そっと床に落とし、タンクトップ姿で俺を見下ろしてくる。

正面から見える、狭い肩幅の間に収まる女性らしい身体《からだ》つきは、晶がまさに女であると証明していた。

手の平に収まるほどの大きさの胸が視界に入ると、昨日の風呂場での感触が背中に蘇《よみがえ》ってくる。

これは、ダメだ。とにかく、ダメだ……。

「っ……、な、なんで脱いだんだよ……」

「なんでって、熱くなったから」

「熱くなったって……」

「昨日はタオル一枚だったし、それに比べたらまだマシでしょ？」

「いや、そういう問題じゃない！」

「前に兄貴だって僕にこうしたじゃん？」

「もしかして初めてエンサム2をしたときの話か？」

いや、俺はこんな風に強引に押し倒したりなんてしていない。そもそも脱いでない。

「あれは、本当に、不可抗力だったし……」

「でも、兄貴はそのあと意地悪くこう言ったよね——」

『——やっぱりお前って、綺麗《きれい》な顔してるよな？』

「——って」

「っ————!?」

また思い出して、俺は悶絶《もんぜつ》しそうになった。

「思い出した？　——で、兄貴は平気そうな顔でこうしたよね？」

「え……？」

「兄貴、目を瞑《つむ》ってよ」

「晶、まさかと思うけど……」

「いいから黙って、早く……──」

晶は俺の頰《ほお》に両手を伸ばしてきた。俺は観念し、目を瞑る。そして──

「──むぐぅっ⁉」

──晶は両手で俺の頰を挟んだ。

予想通りの仕返しだった。俺があのときしたみたいに、俺の顔は晶の両手で挟まれてサンドイッチ状態になっている。

俺がそんな変顔になったところを晶はまじまじと見下ろしていた。

「う～ん……ちょっと思ってたのと違うなぁ……」

少しがっかりしていた。

変な顔が変になったところで効果は二倍かと言われればそういうわけではない。

そういう意味では俺もなんだかちょっと残念だったが、一方でひどく安心していた。

途中まで、もっと違う、べつのことを想像していたから。

「……はひは、ははひへふへ（晶、離してくれ）」

晶は俺の顔から手を離すと、静かに俺の上から降りて、ベッドの上に胡座《あぐら》をかいた。

「どうだった？」

「どうだったと訊《き》かれても——なんだか複雑な気分だ……」

起き上がりつつ、俺はそう答えた。

狐《きつね》につままれた気分というやつか。取り立てて驚くほどのことでもなかった。

すると晶は、今度は上目遣いで俺を見てきた。

「……あのとき僕、兄貴にキスされるのかと思ったんだ」

「ぐふっ————！」

正常に戻りかけていた心拍数が一気に跳ね上がる。

「なんで今それを言う⁉」

「だって、状況的にはそうじゃん？　綺麗な顔だな、黙って目を瞑れって。兄貴って、もしかして俺様系だったり？」

「っ——⁉　た、たしかにそう言ったけど、初めからそういう意図はなかったって！」

そう、初めから俺にそんな意図はなく、ただいじってやろうとしただけ。

弟と勘違いしていたからできたわけで——あれ？

ちょっと待て。

あのとき晶は俺の行動を予想してなかったはず。

だったらどうしてあのとき目を瞑った？

どうしてあのときもっと抵抗しなかった？

どうして唇を、上に、向けた……。

まさか──いや、それこそただの勘違いだろう……。

「兄貴。僕って、兄貴からしたら綺麗に見えるかな？」

「うっ……。それは、まあ、俺じゃなくてもそう見えると思う……」

「兄貴はどうなの？」

「だから、その──」

晶と目が合った。

さっきのいたずらっぽい表情かと思いきや、潤んだ瞳で俺を見つめ返してくる。

頬は赤く、それでいてどこか切ないような表情は女の子そのもの。いや、女の子だ。

こういうのを「主観的輪郭」って言うんだろうか？

晶を女の子として認識してからはもう女の子にしか見られない。まるで今まで騙《だま》し絵を見せられてきたような感じで。

晶は俺の言葉を待っている。ごまかそうにも、晶の真剣な目は俺に真実を語れと言ってくる。

「——い……だ」

「え？　今、なんて言ったの？」

「だから、綺麗だって……」

晶に背を向けながらそう言うと、晶も満足したのか「そっか」と一言つぶやいた。

「というかお前、俺に言われても嬉《うれ》しくないとか言ってなかったか……？」

「ううん、嬉しいよ。本当は、あのときも嬉しかったんだよ……」

これは、ダメだ。本当にダメだ。

なにか非常にまずい方向に話が進んでいる。

この雰囲気はさすがに、兄妹《きょうだい》の間にあってはいけない雰囲気じゃ——

「——ってことで、えーい！」

今度は後ろから抱きつかれた。

「おわっ!?　なにしてんだ晶!?」

「兄貴、おんぶして～！」

「なんで!?」

「だから訓練だって。こうしてくっついてたらすぐに慣れるでしょ？」

「いや、こういうのはもっと段階を踏んでからだなぁ――――！」

「段階すっ飛ばしまくった兄貴が今さらなに言ってんのさー？」


――この後だいぶ持て余したが、最後は「お昼ご飯ができたわよ」と呼びにきた美由貴さんの声に救われた。


ただ、険悪な雰囲気になるよりはまだマシだが、状況的にはかなりまずい。

新たな問題が生まれたことは確か。

これから俺は晶を妹として接していく。

その中で、この晶の「訓練」とやらに耐えられるかどうか……。

特大ブーメランを投げまくっていた俺にその全部が返ってきているこの状況。これが一気に返ってきたら……耐性がつく前に俺の理性は崩壊しかねない。


「あぁあああ――――……」

その夜、俺は布団《ふとん》を被《かぶ》って身悶《みもだ》えた。

隣の部屋で晶が寝ていると思うと、俺は今晩もなかなか眠れそうにない……。

8 AUGUST

8月12日（木）

今日、兄貴と話した。

兄貴はやっぱり気にしていたみたいだった。

兄貴は、弟じゃなくて妹だとやっぱりこれまで通りにはいかないみたい。

兄貴が私と距離を置こうとしている気がした。ちょっと悲しかった……。

できたら前みたいに、弟に接するみたいに接して欲しい。

でも、もう1人の自分は女の子として見て欲しいって気持ちもある……。

これって、どっちが正解なんだろう？

兄貴は私を女の子として意識している。

私も、兄貴を1人の男の子として意識してしまっている。

もう、ずるいよ兄貴。

兄貴が気を許してくれて嬉しいって言ってくれたのに。

もっと距離を縮めたいって言ってくれたのに、急にその態度は本当にずるい……。

兄貴、私から逃げないで……。

こんな気持ちになるの、兄貴が初めてなんだ……。

第7話「じつは義妹《いもうと》が制服を着て帰ってきまして……」

晶《あきら》が義妹だとわかってから一週間が経《た》った。

この間、俺はなかなか眠れず、夜に布団に入って朝日が昇る少し前に眠りにつくという生活が続いている。

それもこれも晶が原因といえば原因だった。

例えば俺が一人でベッドで漫画を読んでいると、

「兄貴、僕もここで漫画読んでいい？」

と晶が俺の部屋にやってくる。

断る理由もないし、俺の部屋なのに俺が出て行くのも変な話だ。

だから一緒に過ごすのだが、俺がベッドに寝そべっていると――

「ダーイブ！」

「ぐへっ！　せ、背骨が……」

だいたいこんな感じで俺の背中にフライングボディプレスをかましてくる。

そのあとも背中の上でぴったりとくっついてくるので非常に気まずい。

「あははは、兄貴油断しすぎ！　てかなに読んでるの～？」

「晶、ちょっと降りてくれないか？」

「あ～……硬さも大きさもちょうどいい～……。なんかぴったりって感じ～……」

「そ、そうか？　確認ができたなら降りてもらいたいんだけど？」

「ふあぁ～……。あったかくてなんか眠くなってきちゃった……」

「寝るなよ？」

「なんか、お父さんの、背中みたい……」

「誰がお父さんだって？」

「すー……すー……」

「寝るなよ……」

これが弟だったら無邪気な感じでまだ許せるのだが、相手が妹——女の子となると、話はべつだ。色々と柔らかくて、いい匂いがして、どうしていいのかわからなくなる。

とりあえず、自室は二人だけの空間が形成されてしまうから非常に危険だとわかった。

そこで俺はリビングで過ごすようにしていたのだが——

「兄貴、エンサム2しようぜー」

「あ、ああ……」

なんだ、ゲームか、と安心させておいてからの〜……——

「また勝ったー！　連勝記録更新〜！」

「ほあっ⁉」

——いきなりの抱きつき。

なぜ負けた側の人間に抱きつくのかさっぱりわからない。

『——自分より弱い者のところには嫁には行かぬ。欲しくば、打ち負かせ』

「ふぐっ……」

中沢琴《なかざわこと》のお決まりのセリフですら心臓に悪い。

「ちょ、次だ次！」

「どーせ次も僕が勝っちゃうけどね〜」

一週間ずっとこの調子で、なにかにつけて晶は絡《から》んでくる。しかもそこに接触が加わる。

距離感が近いどころの話ではない。

俺は普段通りに過ごしているように見せてはいるが、内心はずっとハラハラしっぱなしだった。

リビングでそんな光景を目《ま》の当《あ》たりにしていた美由貴《みゆき》さんはというと、

「あらあら、すっかり仲良しさんねー」

と、この事態をかなり安直に受け止めている。

いやいや、仲良しさんで済ませていい問題ではない。

たしかにこれまではそれでも良かった。弟だと思っていて気にしなかったから。

しかし、もう妹とわかった時点で、晶を異性として意識しないはずもなく、俺はこのデリケートな問題にどう対処していいのか悩んでいた。

美由貴さんはあんな調子だし、親父《おやじ》に相談したところでまともな答えは返ってこないだろう。


そこで妹のいる兄として先輩にあたる人物に救いを求めて電話をしてみたのだが――

「なあ光惺《こうせい》、俺の弟が妹だったんだが――」

『意味不。目が悪いなら病院に行け。頭が悪いなら学校に行け。忙しいから切るぞ――』

と、一瞬で電話を切られてしまった。

光惺は最近始めたバイトが忙しいらしく、ここ数日は電話をしてもなかなか繋《つな》がらない。

ようやく繋がったと思ったらこれ。どうしてあいつと付き合いが長いのか自分でも疑問だ。

いちおうLIMEはできるが、どうせいつものように「ひなたに相談しろ」と丸投げするに決まってる。

それこそ、こんなデリケートな問題をひなたに相談できるはずもない。

ひなたに「じつは再婚相手の連れ子が弟ではなく妹でした」と話したらどんな反応をするだろうか？　……おそらく、呆《あき》れられるだろうな。

とにかく。

気にしたら負け、という言葉があるように、あまり意識しないように努めるしかない。

それにしても、晶が言うように俺のほうが慣れるまでこの「訓練」は続くのだろうか？

そのことを悩み出すと、俺は夜も眠れないのである。

＊　＊　＊

8月20日。

この日も昼頃になって起きてリビングに行ったのだが、晶と美由貴さんは出かけていていなかった。

ダイニングテーブルにメモが置いてあり『二人でちょっと出かけてきます』とのこと。

親父も仕事で朝からいない。

つまりこの家には今俺一人。久しぶりの一人だけの空間でなんだかほっとする。

菓子を頬張りながら撮りためていたアニメを見て束《つか》の間《ま》の一人を満喫していると、三時頃に晶と美由貴さんが帰ってきた。

「ただいま～」

「おかえりなさい。どこに行ってたんですか？　――え？」

言ったそばから理解した。

俺は美由貴さんの後ろに立っている晶を見た。

晶が制服を着ていた。それは結城《ゆうき》学園のもの。

うちの制服は、某アイドルグループの衣装を手がける衣装製作会社が、老舗の制服メーカーとコラボしてデザインしたもの。

学園内外から可愛《かわい》いと評判で、この制服目当てで受験する女子生徒もいるくらいだ。

そんなものを晶が着たらどうなるか？

そんなの、とんでもなく可愛いに決まっている。

「えへへへ。あ、兄貴、どうかな……？」

「ど、どうって……。とても似合ってるよ、うん……」

晶は顔を真っ赤にした。なんだかこっちまで照れ臭くなる。

「もうすぐ二学期が始まるから制服を取りに行ってきたの」

「そ、そうだったんですね……」

「でもね～、ちょっとスカートが短いんじゃないかしら？」

美由貴さんがそう言うと、晶は「またか」という顔をした。

「だから、これくらいが普通だってば！」

「でも前の学校だと膝下ぐらいだったじゃない？」

「それは校則が厳しかったから。本当はこれくらい短いやつ穿《は》きたかったの」

言われてみればスカート丈が短い気もする。

ひなたと同じくらいだが、晶のスカート姿を見慣れていないせいで余計にそう見えてしまうのかもしれない。

「でも、そんなに短いと風でめくれちゃうわよ？」

「そんなに簡単にめくれないってば。――兄貴はこれくらいが好きだよね？」

「はぁ!?　俺!?」

その話題は正直俺に振ってほしくなかった。

というか、そこは俺が好きかどうかで短さを決めていいのか？

そして、いつ俺が短いスカートが好きだと言った？　決め付けはよくない。嫌いではないが。

「まあ、うちの生徒だとだいたいそんなもんです。長くても膝にかかるくらいですよ」

と、とりあえずフォローしておいたが、美由貴さんは腑《ふ》に落ちない様子だった。

＊　＊　＊

ややもして、晶が着替えてくると言って二階に上がったので、リビングには俺と美由貴さんの二人が残された。

「それにしても、晶がうちの制服を着て帰ってくるとは思ってませんでした」

「試着したら気に入っちゃったみたいで、可愛いからそのまま着て帰りたいって言うから……」

普段の晶を見慣れているせいか、彼女が可愛いものに興味があるというのは意外だった。

「まあ、たしかにうちの制服は可愛いって評判ですから、晶も気に入ったんでしょう」

「でもね～……」

「それがそうでもないのよ～……」

「不審者が出たら俺が撃退しますよ。まあでも、あの性格なら俺が一緒じゃなくても大丈夫でしょう？」

「涼太《りょうた》くんが一緒なら心強いわ。最近この辺りで不審者が出てるって聞いたし……」

「しばらくのあいだは俺が一緒に登下校するんで大丈夫ですよ」

「あの子、変な人に声かけられたりしないかしら？　中学のときはよくあったのよ」

街中の男性たちの視線が集まるのは避けられないだろう。

そんな破壊力満点の母親と、制服を着た超絶美少女の娘が街中を歩いたらどうなるか？

それでもって無自覚なので、この人は余計にタチが悪い。

その扇情的な格好で何人の男の心をかき乱してきたのか。

今日の美由貴さんの服装は完全に余所《よそゆ》行き用。ボディーラインが強調されるワンピースなのだが、ただでさえ綺麗《きれい》でスタイル抜群な美由貴さんがそれを着ると破壊力は凄《すさ》まじい。

でも美由貴さん、それはあなたにも原因があるんですよ、と心の底から言いたい。

まあ、晶は可愛いから仕方がない。制服を着せたらなおさら目立つだろう。

「さっき帰り道で、周りの男性たちの視線が、ちょっと嫌でね……」

「どうしたんです？」

「え？」

「ああ見えて人見知りで、学校だと借りてきた猫みたいになっちゃうの。警戒心も強くて、知らない人に声をかけられると嫌な態度をとっちゃうみたいで……」

「そうなんですか？」

たしかに、初めて晶と会ったあの日、道端で声をかけたら嫌な態度をとられた。

ただ、これまた意外だったのは、学校での晶の様子。

てっきり学校でもあの通りの性格で快活に過ごしているものと思っていたのだが、どうやらそうではないらしい。

「中学のときの担任の先生も心配されていたの。協調性がないというか、周りに遠慮して自分から積極的に話さない子だって。だから二学期から転校するのも、本当はちょっと心配で……」

「それはたしかにそうですね……」

俺と美由貴さんが頭を抱えていると、二階から晶が着替え終わって下りてきた。

「二人ともなに話してたの？」

「もうすぐ二学期が始まるなぁって」

いちおう嘘《うそ》のない程度にごまかしておいた。

　こういうデリケートな話は本人にあまり伝えるべきではないだろう。

「ふ～ん。――あ、母さん、ブラの着け方教えて」

「ブフッ――――!?」

「もうこの子ったら……。涼太くんの前で恥ずかしくないの？」

「兄貴だからべつにいいも～ん」

　いや、俺は全然よくない。というか晶、まさかお前、今までノー――

「あ、兄貴の期待を裏切るようで悪いけど、普段はノーブラじゃないって。スポブラ。あれ、ワイヤーに締め付けられないから楽なんだ～」

　なるほど、スポブラか。なんというか、ひどく安心した。

「いや、そういう報告はしなくていいし、そもそも期待してない！」

「あははは～、照れんなって。――じゃあ母さん、上で待ってるから～」

　ドタドタと階段を駆け上がる音がして、俺はほっとため息をつく。

「ごめんなさいね涼太くん、あの子ったら……」

「あ～いえ……。向こうが気にしてないなら大丈夫です……」

「あの子、ようやく高一になってブラをつける気になったみたいで、さっき制服を取りに行くついでにランジェリーショップに寄ってきたの」

「ラ、ランジェリーショップ……？」

「昔買ってあげたのはもうサイズが合わないからって。あのファーストブラ、けっきょく一回しか着けたところ見たことなかったなぁ～……。せっかく可愛かったのに～……」

「は、はぁ……？」

その報告も正直要らない。

というか、年上の女性からファーストブラとかランジェリーショップなんて言葉を聞く日が来ようとは思いもよらなかった。なんだか、こう、胸の奥がザワザワする。

「それにしても晶がブラを着けたがるなんて、どういう心境の変化かしら？」

「うっ……。それは、俺に、訊かれて、も……」

とりあえず、俺のせいではない……よな？

＊＊＊

その晩のこと。

俺は、溜《た》めに溜めまくった夏休みの課題を処理するべく、自室で一人、ノートにペンを走らせていた。

夏休みは8月24日まで。今日が20日なので、あと数日で夏休みが終わる。

考えてみればあっという間の夏休みだった。

晶たちがうちに越してきて、晶とダラダラと過ごして、晶が妹だとわかって……——勉強中は考えないようにしよう。意識の大半をそっちに持って行かれるだろうから。

すると、ノックとともに晶が部屋に入ってきた。

「兄貴、勉強中？」

「ああ。どうした？」

「お菓子とジュース持ってきたから」

「そっか。ありがとう。そこに置いといてくれ」

晶はテーブルに盆を置くと、本棚から漫画を抜いてボリボリと菓子を頬張り始めた。

「あの、晶さん？」

「ズズー……——なに？」

「なんでお前が飲み食いしてるんだ？」

「だから持ってきたから」

「俺のためじゃないのかよ」

だいぶ呆《あき》れた。勉強を頑張っている俺への差し入れかと思いきや、自分用だったらしい。

「うそうそ、これ兄貴の」

「だったら飲み食いすんなよ！」

「あははは、つい！」

「ついってお前なぁ……」

いったん手を止めて俺も菓子に手を伸ばす。

夕食からだいぶ時間が空いていたからちょうど小腹が減っていたところだった。

「ところで晶、夏休みの課題は終わったのか？」

「もうとっくに」

「チッ……このちゃっかりさんめ」

「コツコツやらない兄貴が悪いんだよ」

俺たちは顔を見合わせて笑った。

距離が近くなるとどうしても意識してしまうから、これくらいの距離感がちょうどいい。

「そうそう、ブラしてみたんだけどどう？」

晶はそう言うと右手を頭に、左手を腰に当てて「うふ～ん」とポーズして見せた。

「どう、と聞かれましても……」

「ああ、これじゃあ見えないか――」

と、いきなりTシャツの襟ぐりを引っぱって中を見せようとしてきた。

「ちょ――っと待て！」

「あははは、冗談だって」

本気かもしれないのでいちいち心臓に悪い。

それと、そういう不意打ちは本当に勘弁してほしい。……少し、見えてしまった。

「というかお前、そういうの、恥ずかしくないの？」

「ん～……恥ずかしいけど、あんまり。兄貴だからかな？」

うまく順応したってことか？

すっかり妹になって、肌を見せたり、女性特有のそういう話題を振ってきたりするのも平気のようだ。俺はまだ順応しきれていないのだが……。

「友達の話だと、家だと下着でうろうろするって子もいたよ？　家族だったら平気だって」

「それは余所様《よそ》の家庭の話。うちでは禁止だ」

「え――」

「えーじゃない。ダメなものはダメ」

人の気も知らないで。

晶が下着でうろうろし始めたら本気で叱らないといけないな。

「じゃあ休憩終わりだ。俺は勉強に戻るから――」

「りょー。じゃあ僕は漫画読もっと」

「自分の部屋で読めよ？」

「ダーメ。誰かが監視してないと兄貴がサボるかもしれないじゃん？」

「兄をなんだと思ってる？　サボらないって」

「まあまあ、僕のことは気にしなくていいからさー」

そういうと晶は俺のベッドに寝転んで漫画を読み始めた。

そのうち自分の部屋に戻るだろうと放っておいたのだが、一時間もすると後ろから小気味の良《い》い寝息が聞こえてきた。

「おい、晶？」

「すー……すー……」

本当に、人の気も知らないで……。

俺はそっと晶に毛布をかけてやり、電気を薄暗くした。

机のスタンドの明かりを頼りにまた課題に向かうと、後ろから小さな声が聞こえた。

「――お父さん、ありがとう……」

聞こえないふりをしておいた。

夢に見るほど、晶にとって父親の存在は大切なものなのだろう。

気づくと朝になっていて、俺は机に突っ伏して寝ていた。

起きると晶の姿はもうなく、俺の背中には晶にかけてやったはずの毛布がかけられていた。

8 AUGUST

8月21日（土）

昨日は母さんと一緒に制服を取りに行って、帰りにランジェリーショップに寄った。

制服がとってもかわいい！　自分が着て似合っているのかどうか心配だったけど、兄貴が照れ臭そうに「似合ってる」と言ってくれたから自信がついた。

母さんからブラの着け方を教わったけど、久しぶりすぎて窮屈だった。

本当、女の子って面倒臭い。

わざわざこんな窮屈なのを着けて歩くとか、しんどくて痩せていきそう……。

兄貴はべつに気にしていないって感じだったけど、実際のところはどうなのかな？

私のことちょっと女の子らしいって思ってくれたかな？

そりゃあ母さんに比べたら小さいけど、これでも中学のときよりは成長したんだ。

少しは私にも興味を持ってほしい。

兄貴の興味を引きたいっていうのは、やっぱり、そういうことなのかも……。

第8話「じつは義妹《いもうと》が同じ高校に通うことになりまして……」

夏休みが終わり、今日は始業式の日。

俺は昨日の晩ギリギリに終わらせた課題を鞄《かばん》に詰めて、制服に着替えた。

久しぶりに着た制服は、美由貴《みゆき》さんがクリーニングに出しておいてくれたおかげで皺《しわ》一つなかった。ワイシャツもアイロンを当ててくれていたらしく、いつもは洗いざらしでくたびれていたワイシャツが新品みたいに綺麗《きれい》になっていて、着心地がとてもいい。

時刻は七時を少し回ったところだった。

一階に下りると晶《あきら》がすでにダイニングテーブルに腰掛け、テレビでニュースを観ながら朝食を食べていた。

「おはよ、兄貴」

「おはよう。──晶、何時に起きた？」

「五時過ぎぐらいかな？　緊張で早めに目が覚めちゃって……」

「そっか。晶にとっちゃ初登校だもんな。準備はできてるか？」

「うん。──あ、早く兄貴も食べちゃいなよ」

「ああ、うん。ところで美由貴さんは？」

「母さんは朝から撮影があるからって先に出た」

「そうか。じゃあ戸締まりをしっかりしておかないとな」

俺は晶の対面に座った。

テーブルに並んでいるのはサラダとスクランブルエッグ、それにソーセージを焼いたもの。美由貴さんが出る前に用意していってくれたのだろう。

トーストを焼いている間にケトルで湯を沸かし、粉末スープの入った器とインスタントのコーヒーを入れたマグカップにそれぞれ湯を入れて溶かす。そのうちにトースターからきつね色に焼けたトーストが飛び出た。

「いただきます」

食事の挨拶すら言う習慣もなかったけれど、この一ヶ月ほどですっかり定着した。

「あ～……。なんだか緊張するなぁ……」

「まだ学校でもないのに、もう緊張してるのか？」

「だって転校するのも初めてなんだもん。最初にみんなの前で自己紹介するのだって……」

「あははは、お決まりだからな。まあ、練習通り名前と挨拶くらいは笑顔でな」

笑顔で、という部分を強調しておいた。

美由貴さんの心配は、人見知りする晶がきちんと転校先の学校に馴染《なじ》めるかということ。

それは晶も同じだったらしく、一昨日あたりからそわそわと落ち着かなかった。

昨日の晩に俺と転校初日の挨拶の練習をしたから、あとは晶次第。

晶に「頑張れ」と言うと、頼りない「うん」が返ってきた。

兄として少し心配になる。

なにかあれば——いや、何事もないことを祈ろう。

＊＊＊

朝食の片付けも終わり、俺と晶は戸締まりをして家を後にした。

晶と他愛ない話をしながら駅に向かって歩く。

家から有栖《ありす》南駅まで徒歩五分。そこから電車に乗り十分ほど揺られて降りた先は結城《ゆうき》学園前だ。そこから徒歩五分ほどで結城学園に到着する。

有栖南駅のホーム辺りから、晶が急に静かになった。

どうしたのかと様子を見ていたら、同じ制服を着た生徒が目に入ったらしい。チラチラとそちらを見て落ち着かない。

どうやら「借りてきた猫モード」が発動してしまったらしい。

緊張や不安のせいか、晶はさっきから俺の制服の袖を摑《つか》んだまま離さない。

ダラダラとゲームに興じ、「兄貴」と言っては抱きついてくるような活発な義妹ではなく、清楚《せいそ》でおしとやかで、恥ずかしがり屋な女の子がそこにいた。

不謹慎かもしれないが、その様子を見て、俺は胸の鼓動が速くなるのを感じていた。


到着した電車に乗り込み、俺は晶の隣に立った。

電車が一駅過ぎた辺りで、急に晶の頭が俺の胸を小突いた。すると――

「はぁ～……。大丈夫、練習通り、練習通り……」

晶から小さくつぶやく声がもれた。

そのまま俺の胸に頭を預け、緊張をほぐしているようだった。

「晶、大丈夫か？」

「うん、大丈夫。こうしてると……」

電車が揺れるたびに晶の額がとんとんと俺の胸を軽く押す。なんだか胸がむず痒《がゆ》い。

「本当に大丈夫か？」

「うん。だから、もう少し、このままで……。充電中だから……」

「俺はお前の充電器かよ？」

「うん……。だって兄貴、一緒にいるだけで僕にいっぱい元気をくれるもん……」

周囲の目には、俺たちの関係がどのように映っているのだろう。

気恥ずかしくなり、俺はつり革広告に目をやった。

心臓の音が聞かれていないか、少し心配になった。

結城学園前の改札あたりでようやく晶の手が離れた。

学校に近づくにつれて、登校する生徒の数もぐんと増える。

「兄貴、歩くのちょっと速い……」

「ああ、ごめん……」

晶の履いている靴はいつものスニーカーではなくローファー。二日前に美由貴さんとショッピングモールで買ってきたものだ。

「ローファーって歩きづらい……」

「まあ慣れだよ慣れ。慣れるまでは大変だけど、慣れてしまえばどうってことないさ」

「僕が兄貴にくっついてて慣れたみたいに？」

「それは、家の外では口外するな……」

それに、まだ慣れてないんだ、こっちは。

「ちょっとくるぶしのあたりが痛くなってきた……」

「もう少しで着くから我慢だ」

「うん、頑張る……」

「ところでなんでローファーにしたんだよ？　べつにスニーカーでもいいんだぞ？」

「だって、この制服だったらローファーが絶対合うから……」

言われてみれば、たしかに周囲を歩く女子生徒たちを見てもスニーカー率は低い。

「そうだな……。よく似合ってると思うぞ？」

「本当？」

「本当」

改めて見ても、晶は制服がとてもよく似合っていた。

服装一つでここまで変わるものかと驚いたが、こんな可愛《かわい》い妹と肩を並べて歩いている自分にも驚く。

光惺《こうせい》もひなたと歩くときこんな気分なのだろうか？

そんなことを考えていると、道の先に見慣れた金髪とポニーテールが少し距離を置いて歩いているのが見えた。

「お、知り合い発見」

「え？」

「ほら、前に話した、晶の部屋の片付けを手伝ってくれた人たちだよ」

「あの二人？」

「ああ。ちょっと挨拶しておこうか？」

晶はコクリと頷《うなず》いた。

ただ、俺の背中にぴったりとくっついて離れようとしない。緊張しているのだろう。

「光惺、ひなたちゃん、おはよう」

俺は後ろから軽く声をかける。

「うん？　涼……た──」

「涼太《りょうた》先……ぱい──」

振り返って俺を見るなり、上田兄妹《うえだきょうだい》は固まった。

正確には、俺の背中に隠れる晶を見て固まってしまったのだろう。

「あははは……なんだか久しぶりだなぁ？」

「お、おう……」

「えっと、そうですね……」

なんだかぎこちない。

ひなたはどこか暗い表情を浮かべ、光惺は光惺でいつになく気まずそうにしている。

「ああ、紹介するよ。ほら、晶」

「姫野《ひめの》晶です……」

晶はぺこりと頭を下げた。


——少し、補足しておく。

「姫野」というのは、晶の戸籍上の名字だ。

美由貴さんの場合は、親父《おやじ》と再婚してすでに親父の戸籍に入っている。つまり、「真嶋《まじま》美由貴」になっている。

しかし、晶だけはまだ実父の戸籍に入ったままなのだ。

俺はてっきり再婚したらそのまま子供の戸籍が親とセットで変わるものとばかり思っていたが、どうやらそう単純な話ではないらしい。俺もつい先日知ったばかりで詳しい事情は聞いていない。

ただ、晶は「真嶋」の姓になるのかと思ったら、これまで通り「姫野」の姓を名乗ると決めたそうだ。

その理由は親父たちも聞かされていないらしく、ただ晶が言うには「このままがいい」とだけ。きっと、実父が好きだったことなにか関係があるのだろう。

そこは俺も無理に深く掘って訊《き》くことはしなかった。

それにしても「姫野晶」か……。

苗字《みょうじ》に「姫」がついているせいか、なんだかいきなり女の子感が増したな。

「へ～……姫野さんって言うんですね」

ひなたはぎこちない感じで俺と晶の顔を交互に見た。

「こっちが上田光惺。顔はイケてるのに非常に残念なやつで――」

「おい」

「――こっちがひなたちゃん。光惺の妹で、晶と同じ高一だ」

「ど、どうも……」

晶は気まずそうに頭を下げる。

「あの……。それで、姫野さんと涼太先輩とはどういったご関係ですか？」

「ああ、そうだった！　兄妹だよ。ほら、前に話してた親父の再婚相手の」

上田兄妹は顔を見合わせた。

「え⁉　弟さんじゃなかったんですか⁉」

「あははは……。それが、弟じゃなくて、じつは義妹《いもうと》でした……」

「「…………は？」」

光惺もひなたも目を点にした。

＊　＊　＊

結城学園の門前で俺は上田兄妹に、風呂《ふろ》での一件を伏せつつ、これまでの経緯をかいつまんで伝えると、

「──なるほど。お前、やっぱアホだな」

と、光惺から罵られ、

「なんだ、妹さんだったんですねー！」

と、ひなたちゃんはあっさりと受け入れてくれた。……呆《あき》れられなくて良かった。

そのあいだ、晶は黙ったまま俺たちの顔を見比べてどこか居心地が悪そうだった。

「あんたも災難だったたな？　こんなアホと暮らすことになって」

「晶で……。ちゃん付けはちょっと……」

「はい！　──あ、改めてよろしくね。えっとー、晶ちゃんって呼んでいい？」

「ひなたちゃん、お願いできるかな？」

「え……」

「晶、ひなたちゃんについていくといいよ」

ここは同級生の女の子同士、仲良くなるきっかけになるかもしれない。

ひなたが笑顔で晶に言うと、晶は少し戸惑っていた。

「あ、それなら私、職員室まで案内するよ？」

そうか。職員室に顔を出せって言われてたんだっけ。

「そうじゃなくて、職員室、行かないと、だから……」

「え？　まだ始業まで時間あるぞ？」

「兄貴、時間……」

「どうした、晶？」

晶は横で複雑そうな顔をしている。なにか言いたいことでもありそうだ。

光惺に軽くツッコンでおいたが、それほど的を外していない感想だったので悔しい。

「おい、お前が言うな、ダメ兄」

「わかった！　よろしくね、晶」

「うん」

美少女同士で少し打ち解ける。

ただ、美少女二人が並んで歩くと余計に目立つらしく、周りの生徒たちが二人を見てなにかを話している。男子たちは鼻の下を伸ばしてるし、女子は女子で美少年にも見える晶を見て「誰あの子？」と色めき立っていた。

二人が昇降口に向かうのを確認しながら、俺と光惺はその後ろからゆっくりとついていった。

「しっかしお前、マジで三週間もあの子を弟だと思ってたのか？」

「まあな……」

「まあ、前から鈍感野郎だとは思っていたが、まさかな……」

「うっ……」

「で、どうして妹だってわかったんだ？」

風呂の件は、さすがに光惺が相手でも言えない。

「た、たまたまだよ。──で、お前に妹の扱いをどうしたらいいか電話したんだが──」

「あの電話、そういう意味だったのな？　暑さで頭がイカれたのかと思った」

「たく、友達甲斐《がい》のないやつめ……」

「まあ、どっちにしろひなたに丸投げするつもりだったけどな」

「だから相談するのも気が引けたんだっつーの」

光惺は呆れた顔をしていたが、そのうちいつもの仏頂面《ぶっちょうづら》に戻った。

「で、妹の……晶だったっけ？　家でもあんな調子なの？」

「いや、それが意外でさ――」

光惺に家での様子をかいつまんで話すと、「なるほど」と感慨深そうに呟《つぶや》いた。

「――まあ、ひなたが一緒なら大丈夫だろう」

「いや、それに関しては本当にありがたい……。朝から二人に会えて良かったよ」

そう言うと、昇降口の手前、隣を歩く光惺が立ち止まった。

「しっかしお前の妹、可愛いな」

「人を褒めないお前が晶を褒めるなんてな。まさかお前――」

「そうじゃねぇよ。ただ、お前があの子に惹《ひ》かれてるじゃないかってな」

「……馬鹿なこと言うな。晶はただの妹だ」

「だったらいいが、涼太、メンデルの法則のこと、忘れてねぇよな？」

「ああ……」

中学時代から付き合いのある光惺は、唯一俺の秘密を知っている。

メンデルの法則には血が通っていない――この言葉の本当の意味も。

だから光惺の言いたいことはわかった。俺と晶の間になにかあれば、親父たちを悲しませることになると言いたいのだろう。

けれどそれは無用な心配だ。

俺は、あの女とは違う。

獲得した形質は遺伝しないのだから、俺は、絶対に家族を不幸にしたりはしない。

「……つついて悪かった。そう怖い顔すんな」

「いや、心配してくれたんだろ？　ありがとう」

そう言うと光惺は俺の肩に腕を回してきた。

「そりゃそうとお前、なんか忘れてないか？」

「え？　なにを？」

光惺がじっと睨《にら》んでくる。

「……飯だよ飯。部屋の片付け手伝ったとき、今度奢《おご》ってくれるって言ってたよな？」

「ああ、そうだったな……」

すっかり忘れていた。というか、逆に光惺が覚えていたのも驚きだった。

「俺はしばらくバイトで忙しいから、ひなただけでもいいから今度飯にでも誘ってやれ」

「いや、それはちょっと……」

ひなたと二人きりで食事はさすがに気まずい。

「あいつ、夏休み中ずっとお前からの連絡を待ってたんだぞ？」

「ひなたちゃんが？　嘘《うそ》だろ？」

「マジだって。──だからまあ、妹ばっか構ってないで、俺の妹の面倒も見てやってくれ」

そう言うと光惺は俺を置いてさっさと行ってしまった。

それにしても、いつも無口な光惺が今日はえらく饒舌《じょうぜつ》だった気がする。

俺の妹の面倒も見てやってくれ、か。

あんなしっかりした子の面倒を見るなんて自信がない。

でもまあ、今度晶とひなたと三人で外食するのも悪くないかもしれない。

＊　＊　＊

美少女が転校してきたという噂《うわさ》はすぐに広まったらしい。

昼休み、俺が光惺と弁当を食べていると、クラスの男子連中が「姫野って言うらしいぜ」と噂しているのが耳に入ってきた。

「お前の妹、評判みたいだな」

「まあ俺の妹だからな」

「そのドヤ顔うぜぇ……。──まあいいけど、放っておいて大丈夫か？　男どもが群がってるかもしれねぇぞ？」

「まあ、気にはなるけど……」

二年に広まっているなら一年だけじゃなく三年にも広まっているかもな……。三年には厄介な先輩たちもいるって聞くし……。

「気になるなら様子見てこいよ？」

「一人じゃヤダ！」

「女子かよ。めんどくせぇ……」

急いで弁当を掻《か》き込んで、俺は嫌がる光惺を無理やり連れて一つ上の階に上がった。

階段を上ったところで右手に曲がり、廊下の先を見ると、ある教室の前だけやたらと人がうろうろと行ったり来たりしているのが見えた。

「あそこだな」

「しかもひなたのクラスか……」

晶はひなたと一緒のクラスになったらしい。

美少女転校生を一目見ようと男子連中がせわしなく行ったり来たりしている。そのあいだをすり抜けて、俺と光惺は教室の前に立った。

中を覗《のぞ》くと教室の隅には女子の人垣ができていた。周囲には男子が散り散りに座っていて窓際《まどぎわ》を気にしている。ここからだと人垣の中心は見られない。

「絶対あの中心だ」

「だな。ひなたも巻き込まれてる感じだ」

俺たちの予想はすぐに当たった。ちょっと大柄な女子が少し動いた先、人垣の間から晶とひなたの顔が見えた。

晶は少し困った様子で俯《うつむ》いている。おそらく質問攻めにあって困惑しているんだろう。ひなたはその横で晶をフォローしてくれているらしい。本当に良い子だ。

「お前の妹、女子からも人気あんのか？」

「前の学校だと女子から告白されたこともあるそうだ」

ついでに男子よりも女子に好かれるほうが面倒だとぼやいていたっけ。

「まあ、あの様子じゃ男子が近づけねぇな」

「そうだな。とりあえず大丈夫っぽいから戻ろうか──」

踵《きびす》を返すと女子の一人が光惺に気づいた。

「あ──ひなた、光惺先輩が来てるよー！　やだ、カッコイイ！」

人垣がパカンと割れ、ひなたと晶がこちらを向いた。

そして突然、そのあいだから晶が飛び出した。

真《ま》っ直《す》ぐにこちらに向かってきて、俺の左腕を摑《つか》む。

「え？　晶？」

「っ……！」

晶は今にも泣きそうな目で俺を見上げている。

俺は慌てて周囲を見渡した。先ほどまで騒がしかった教室や廊下が一瞬で静まり返り、晶の先に立つ俺に視線が集まる。

これは、なかなか気まずい。

「ども、晶の兄貴です……」

作り笑顔で頭を掻いて見せたが、みんな「え？」という顔をしていた。

＊　＊　＊

晶を連れて人気のない校舎裏に行くと、「はぁ〜」という大きなため息が聞こえてきた。

「ごめん兄貴、僕……」

「気にすんなって」

俺が無用な注目を浴びてしまったことを晶は気にしているらしい。

まあたしかに人目に晒《さら》されるのはあまり気分の良《い》いものではなかった。

けれど、晶がこの視線にずっと耐えていたかと思うと彼女を責める気にはならない。

今ごろ教室では上田兄妹のフォローが入っているはずだから、とりあえず放っておいても心配ないだろう。

「しっかし予想通りだったな」

「なにが？」

「晶みたいな美少女が転校してきて注目を浴びないはずがないだろうって」

「か、からかわないでよ……」

晶は本気で嫌そうな顔をした。しきりに左の腕をさすっている。

「うちの教室でも噂がまわってきたからな。困ってるんじゃないかって思って――」

「助けにきてくれたの？」

「え？　ま、まあ……」

そう言われるとなんとなく腑《ふ》に落ちないものがあった。

結果的に助けたことにはなるが、どちらかというと「心配する」のほうが正しい。

つまり、晶としてはあの状況で助けてほしいくらい切羽詰まっていたってことだ。

美少女、人見知り。……あまり良い組み合わせではないようだ。

ここで「転校初日から人気者みたいで良かったな」と言うのは皮肉にしか聞こえないだろう。

だからこう言っておいた。

「しばらくすれば落ち着くと思う。でも、困ったときは俺を頼っていいからな」

「兄貴……」

「そうそう。俺は晶の兄貴だから」

そう言ってためらいつつも晶の頭に手を置いた。

昔、なにか悲しいことがあると、親父《おやじ》がこうして頭を撫《な》でてくれた。すると、不思議と不安や辛《つら》さは薄れていく。親父の手は俺にとって魔法の手だった。

親父や俺に魔法が使えるかどうかはさておき、晶の頭を撫でてやると「恥ずかしいよ」と言いながらもちょっとだけ笑顔になった。

それにしても、さらさらの髪の毛の撫で心地は良く、ずっとこうしていたい気分になる。

多少子供っぽいかなぁと思ったが、晶は俺が手を離すまでそのまま黙っていた。

「えへへへ。ありがと、兄貴……」

「元気出たか？」

「うん！」

ちょうど予鈴が鳴り、俺たちは校舎内に戻った。

晶の後ろ姿を見て多少心配にはなったが、あのぶんなら大丈夫だろう。

ただ、しばらくはこの状態が続くかもしれない。

こういう形で頼りたくはなかったが、あとでひなたに晶の面倒を見てもらうように頼んでおくとしよう。

＊　＊　＊

教室に戻るといつもの仏頂面《ぶっちょうづら》で光惺が座っていた。

「妹とどこにふけてたんだ?」

「その言い方……」

光惺は少しイラついているように見えた。

「あのあと大変だったんだぞ。ひなたが」

「お前じゃないのかよ」

「俺はめんどいから教室に戻った。──で、さっきひなたからＬＩＭＥが来てたけど、お前と妹の関係を根掘り葉掘り訊《き》かれたってよ」

「うわ、それは申し訳ない……」

「とりあえず兄妹だって伝えたらしい」

「ありがたい……。あとでお礼しておくよ」

「まあ、お前の妹のことはひなたに任せておいたらいい」

いつもの丸投げかと思ったらどうやらそうでもないらしい。

なんとなく言葉の端々からひなたを信頼している感じも伝わってくる。

仏頂面でいい加減なやつだが、なんだかんだでこいつは優しくて情に厚い。理由もなしに他人をバカにしたり見下したりしない。だからこうして俺も光惺との関係が長く続いている。

「ところで光惺、なんかイラついてない？」

「べつに……」

「なんかあった？」

「うっせぇ」

長い付き合いなのに、やっぱりよくわからんな、こいつは。

＊　＊　＊

「最近学校の周辺で不審者が出没している。特に女子はなるべく集団で登下校するように——」

チャイム後も延々と続く、担任の長ったらしい説教込みのホームルームが終わり、ようやく解放された。

俺は光惺と一緒に教室を出た。

途中までは帰りが一緒なので、今日は晶とひなたも連れて四人で帰る約束をしていた。

すでに晶もひなたも待ち合わせの校門前にいるだろう。

昇降口から校門が見えた。

　ただ、校門に人が集まっているのを見て、俺はなんだか嫌な予感がして急ぎ足で向かった。

　案の定、晶とひなたが三年の男子たちに取り囲まれていた。噂の厄介な先輩たちかもしれない。

「名前教えてよ。あ、連絡先交換しない？」

「ねえねえ、彼氏とかいるの～？」

「そっちの子も可愛《かわい》いね～！」

　ひなたも晶も困り気味で、無言のまま校門の柱に背を預けている。

　俺は三年の後ろから声をかけた。

「あの……」

「ん？　なに君？　二年？」

「その二人、俺の連れなんで……」

「へぇ～……で？」

「で、と言われましても。俺はその二人と一緒に帰るので、そこ、開けてもらえませんか？」

「ブツブツなに言ってんのかわからないんだけど～」

「つーか俺らこの二人と話してるから、邪魔しないでくんねぇ？」

瞬間的に頭に血が上りそうになったが、晶とひなたの手前、なんとか心を落ち着かせた。

さてどうしたもんかと思っていると、

「おい三年、どけよ」

後から追いついてきた光惺が低くそう言いながら三年を睨《にら》みつけた。

「げ……。こいつ、二年の上田……」

「おい、行こうぜ……」

光惺を見てビビったらしい。三年は逃げるように去っていった。

「……たく、ひなた、いつも言ってんだろ？　ああいうやつらが寄ってきたら追い払えって」

「だ、だって、先輩だし、怖かったんだもん……」

「あんなの怖くねぇって」

「兄貴……」

晶も怖かったらしく、目を潤ませて俺の側に近づくと俺の制服の左袖をきゅっとつまんだ。

「怖かったか？」

「うん……」

「もう大丈夫だ」

俺は昼にしたように、晶の頭にポンと手をおいた。

安心したのか、今度は甘えた顔をする。今すぐにでも抱きついてきそうだが、さすがに人前で抱きつく勇気はないらしい。

「さて、じゃあ帰るか——」

そう言って上田兄妹を見ると、光惺は顔をしかめ、ひなたはきゅっと口を固く結んでいた。

「どうしたの？」

「「べつに……」」

恐ろしいほど声がぴったりと重なっていた。

とりあえず、やっぱりというか、この兄妹は仲が良いのかもしれない。

その後、俺たちは他愛のない話をしながら帰路に就《つ》いた。

晶は無言で俺の袖を引っ張ったまま歩いている。

光惺はいつもの仏頂面だったが、ひなたの口数がいつもより少なくて、それが少しだけ気になった。

8 AUGUST

8月25日（水）

今日は二学期の始業式。朝は緊張して早く起きちゃった。

駅のホームで同じ学校の制服を見たとき、なんだかとても緊張した。

兄貴もそれを察してくれたみたいで、ただ一緒にいてくれた。

駅を出たところで兄貴の知り合いに会った。

二年の上田先輩とその妹のひなたちゃん。上田先輩は背が高くて顔はかっこいいけど、金髪にピアスでちょっと怖いイメージ。兄貴とどうして仲が良いんだろうとちょっと不思議。

ひなたちゃんはとても明るくて、可愛くて、女の子らしくて、しっかり者の妹って感じ。

すぐに連絡先を交換して仲良くなった。しかも同じクラスで驚いた！

自己紹介は兄貴と練習したかいもあって、なんとかクリア！

昼休み、ひなたちゃんとお弁当を食べていると、周りに人が集まってきた。

動物園のパンダみたいで居心地が悪かった。

みんな一斉に質問してくるからどう対応したらいいかわからない。

そんな感じで困っていると兄貴が助けに来てくれた。

放課後も三年の怖い先輩に話しかけられていたら、兄貴は全然ビビらずに話しかけていた。

そのとき、兄貴の怖い顔を初めて見た。

普段の雰囲気とは違って、本当に怖かった……。

でも、三年がいなくなった後、そっと頭を撫でてくれた。兄貴は、やっぱり優しい。

あったかくて、気持ち良くて、もっと兄貴と一緒にいたいなあって気持ちになる。

でも、兄貴が優しいのは、私が妹だから？　それとも女の子だから？

兄貴は私のこと、どう思ってるんだろう？

第9話「じつは義妹を守ることになりまして……」

二学期が始まって一週間が経《た》ち、9月に入っていた。少しだけ肌寒い日が続いている。

俺は相変わらず晶《あきら》と家でダラダラ過ごすかと思いきや、割とメリハリのある生活を送っていた。ゲームや漫画もほどほどにして、一緒に勉強もしている。

これはすごい変化のような気がする。

学校が始まったせいもあるが、晶と過ごす中で互いにしっかりする部分が出てきた。

ただまあ、緩いときの晶はいたっていつも通りに甘えてくる。

「兄貴、おんぶして～」

「おう。お客さんどちらまで行きます？」

「お風呂《ふろ》まで急ぎで！」

「了解！」

これくらいならまだいい。俺もこの手のノリにはだいぶ慣れてきて、最近は晶がくっついてくるのにも抵抗はなくなってきた。

「到着」

「ありがとう。じゃあ次は背中を流してくれ！」

「……それ、言わないで。お願いだから」

「あははは、じゃあお風呂から上がったら呼ぶね〜」

初め、俺は晶にもっと油断してほしいと思っていたが、ここ最近では俺の方が油断できない状況だ。

それにも増して晶は俺の隙をついてくる。ゲームと同じヒット・アンド・アウェイで、積極的にくっついてはくるが俺が嫌がること以上のことはしてこない。

わきまえている……とは言い難《がた》いが、絶妙な距離感を保っているのは確かだ。

しかし慣れというは恐ろしいもので、はっと気づくと晶がくっついている。妹というよりも飼い犬みたいだが、もちろん俺は妹を飼うような趣味はない。

とりあえず、油断も隙も見せられない。

いつ奇襲をかけられてもいいようにしよう。

兄としてはもっとしっかりしないといけないな、と心に誓った。

＊　＊　＊

ところが、である。

それは日曜日の昼下がりのこと。

「涼太《りょうた》くん、ちょっと下りてきてもらえる～？」

部屋でラノベを読んでいると、美由貴《みゆき》さんに呼び出された。

一階に行くと、果たして、美由貴さんと……アイドルみたいな美少女がいた。

「どうどう？　昨日お友達の衣装さんから貰《もら》ってきたんだけど……」

「え？　あ、晶……？」

「っ……」

アイドル正体は晶だった。

鎖骨を見せる襟ぐりの広い白いブラウスと、膝丈よりも短めのサスペンダーのついた黒いスカート。

薄《う》っすらとだが、メイクまでしている。

これはいったい……。

「うふっ、どう？　可愛《かわい》いでしょ？　ついでにちょっとメイクもしてみたんだけど」

「え、あ、はい……」

不覚にも見とれてしまった。次の言葉がなかなか出てこない。

晶も晶で初めてこんな格好をするのか、はにかんだ様子で俺の言葉を待っている。

「あの、とても、その……」

「っ……。に、似合って、ないよね……？」

「いや、すごく、いいと思う……」

なんとか絞り出した感想はそれで精一杯だった。

可愛い、綺麗《きれい》だ、可憐《かれん》だ、清楚《せいそ》だ、という言葉では形容できない……。胸を撃ち抜かれた感じ、と言えば伝わるだろうか。

自分でもわかる。

俺は今、耳まで赤くなっている。

「そ、そうかな……？」

「あ、ああ……」

「あらあら、なんだか初めてデートするカップルみたい」

「「っ――――!?」」

美由貴さんがとんでもないことを言うので、俺と晶は悶絶《もんぜつ》しそうになった。

＊　＊　＊

「…………」

「…………」

散歩をしている。

俺と晶はただ黙ったまま道を歩いている。

せっかくなんだからどこかに出かけてくれば？　という美由貴さんの一言で一緒に出かけることにはなったが、どこに向かったらいいのかさえわからないほど、俺は緊張していた。

晶は顔を真っ赤にして俯《うつむ》いたまま、ただ俺の横を歩いている。

心なしか、いつもより距離も感じる。これは「借りてきた猫モード」に近いが、どこか微妙に、なにかが違う。

ここは兄としてなにかを言うべきなのだろうが、言葉が見つからない。

すると晶はきゅっと俺の服の裾を摑《つか》んだ。

「どこ、行くの……？」

「決めてないな」

「じゃあ、あそこ、行ってみたい……」

「え?」

晶が指差したのはお洒落《しゃれ》な外観のカフェだった。

オープンテラス席にはすでに若い男女が何人か座っている。

「い、いいけど……」

念のためサイフは持ってきていたが、カフェに立ち寄ることを想定していなかったため、俺はほとんど普段着だった。

余所行《よそゆ》き用の服にしておけば良かったとちょっとだけ後悔する。

「あそこ、前から行ってみたかったんだ」

「そっか。なら、入るか」

店に入り、カウンターでメニューを見ながら注文する。

そこでだいぶまごついた。

周囲の視線が晶に向いているのを背に感じる。俺まで神経が過敏になっているせいか、「あの子可愛い」「綺麗だね」という言葉が妙に耳に響く。どこか居心地が悪い。

俺は、アイスコーヒーを注文し、晶はカフェオレにした。

周囲の視線から逃げるように、俺たちは隅っこの席に移動した。奥がソファーで手前がウッドチェア。当然俺は手前を選択する。

しかし俺が晶の正面に座ろうとすると、

「兄貴、こっち。こっちきて……」

晶はポンポンとソファーを叩《たた》く。

隣に座れという合図だが、しかし、それはどうも、気が引けて仕方がない。

が、言われるままに隣に座ると、俺と晶は並んで店内を見回すような格好になった。

そうして冷たいアイスコーヒーを口に含んで喉を潤し、いったん冷静になろうと心がける。

すると晶がそっと口を開いた。

「なんだか、兄貴とデートしてる気分……」

言葉に出して欲しくなかった「デート」というワードが、俺を動揺させた。

「きょ、兄妹なんだから、デートじゃないだろ？」

「そうだけど、そうじゃないみたいで……」

……これは、本当にダメだ。

兄としてしっかりしないと、と思うたびに晶は兄妹の垣根を乗り越えようとしてくる。

今隣に座る晶と、普段の家でゴロゴロとくつろぐ晶。

両方を知っている俺は、いまだに晶をどう扱っていいのかわからずに混乱している。

晶と出会ってから今日までで知ったこと。

俺は、ただ鈍感で、ただ優柔不断で、頼りない男なのだろう。

そう思うと、なにか漠然とした不安に押し潰されそうになった。

「はぁ〜〜〜……」

「兄貴、なんか悩み事?」

「もっと俺自身しっかりしないとなって思って……」

「どういう意味?」

「晶のことをしっかり守れるだけの兄貴にならないとなって」

今だって心がぐらついている。

晶のこの姿を見て、晶の言動一つで、俺はひどく動揺してしまっている。

兄としてまだまだ自覚が足りていない証拠だろう。

晶を大事にしたい、守りたいと思うのは、晶が妹だからか、それとも女の子だからか
……。

自分に問いかけても答えなんて返ってこない。

「べ、べつにそこまで悩むくらい守ってもらわなくても大丈夫だよ？　たまに兄貴に頼っちゃうかもしれないけど、いつまでも頼りっきりじゃダメだから……」

晶に余計な気を使わせてしまった。守りたい相手だというのに……。

とにかく、今のままの、鈍感で、優柔不断で、頼りない兄貴ではダメだ。でも、どうしたらいい？

変わるきっかけが欲しい。

なにか、なんでもいいから。

＊　＊　＊

そのきっかけとなる出来事がすぐにやってきた。

晶と出かけた数日後のこと。光惺《こうせい》が職員室に呼び出しを食らったらしく、俺は急に一人で帰ることになった。

この頃になると、晶はひなたとよく二人で下校するようになっていた。

俺は二人の仲に遠慮して、しばらく光惺と一緒に帰っていたのだが、その光惺がいないとなると一人で帰るしかない。

曇り空の下、俺は一人で帰路に就《つ》いた。

歩きながら思い浮かんでくるのは、晶のこと。

最近は晶も学校にも順応してきたようで、緊張している様子もそれほど見られなくなった。

以前、ひなたにフォローしてもらっているおかげでクラスでの過ごし方も前に比べると良くなった、と晶は言っていた。

二年のほうは「一年に美少女が転校してきた」という噂《うわさ》もすっかり落ち着いた。三年は光惺がこのあいだ睨《にら》みつけて以来、誰も寄って来なくなったそうだ。

とりあえず、このぶんなら晶は放っておいても大丈夫だろう。

そんな感じで、俺はすっかり油断していた。

有栖《ありす》南駅の改札を過ぎたあたりで、すでに雨の匂いが立ち込めていた。

ロータリーの脇で空を見上げると、雲行きがだいぶ怪しくなっていた。予報では今晩から明日にかけて雨が降るらしい。

夕方なら問題ないとタカをくくって、俺は傘を持ってこなかったが、もうすぐ降り出すかもしれない。

今にも泣き出しそうな空を気にしながら、急いで帰っていると――

「やだっ！　離して！」

「いいから来い！」

――急に道の先で大きな声が上がった。

聞き覚えのある女の子の声と低い男の声。二つの切迫した声が交差する。

「やだっ！　痛いって！　離してー！」

「うるさい！　早く車に乗れっ！」

瞬間的に俺の身体《からだ》は駆け出していた。

道の角を慌てて曲がる。

果たしてそこには、晶とガラの悪そうな中年男性がいた。

いや、いたどころの話ではない。

中年男性は晶の腕を摑み、近くに路駐してある車に無理やり連れ込もうとしていた。

「不審者」という言葉が脳裏に浮ぶ。

途端に全身の血が煮えたぎった。

「晶ぁあああ――――！」

今、自分がなにをすべきかを考えるよりも先に足が駆け出していた。

「えっ⁉　兄貴⁉」

「あん？　兄き──」

身体はとっくに意識を離れている。

全身がひどく熱く、周囲の音が消えていた。

「晶を離せぇ──────！」

俺は中年男の胸ぐらを思いっきり掴んだ。

「だれだ、お前……？」

中年男が上からギロリと俺を睨み、片手で俺の胸ぐらを掴んだ。すごい力だ。

威圧的な鋭い目。たぶん喧嘩《けんか》したらこの男には敵《かな》わないだろう。

しかしここは引くわけにはいかない──

「俺は晶の兄貴だっ！」

──俺は、晶の兄貴だから。

「兄貴……？」

場が膠着《こうちゃく》する。

俺と中年男は互いの胸ぐらを掴んだままだったのだが、

「プッ……」

と、突然中年男は噴き出し、やがてがははははっと大きな声で笑い始めた。

「お、お父さん！　兄貴も！　もうやめてっ！」

晶がそう言うと、中年男はパッと俺の胸ぐらを離した。

「すまんすまん、お前が晶の兄貴か？　俺は姫野建《ひめのたける》、晶の親父《おやじ》だよ」

「………へ？」

たぶんそのときの俺は、宇宙一マヌケな顔をしていたに違いない……。

＊＊＊

公園の屋根付きベンチに腰掛けるガラの悪そうな中年男性、もとい晶の実父である建さんはなぜか上機嫌だった。

「しっかし、いきなり胸ぐらを摑《つか》んでくるとはな～」

「すみませんでした！　俺、勘違いしてて！」

「もういいって。晶を守ろうとしただけなんだから」

それでも俺は平謝りだった。勘違いで先走ったことをしてしまったのだから――

じつは、俺がまだ電車に乗っているころ。

先に降りた晶が帰り道を歩いていると、チャラい若者たちが晶に話しかけてきたらしい。

目的はただのナンパだったようだが、そこに建さんが現れた。

「おいてめぇら、俺の娘になんか用か？　あぁん？」

そもそも建さんは任侠《にんきょう》映画を中心に出演する俳優さんで、トレンディーさの欠片《かけら》もない、ヤクザ風の強面《こわもて》。目つきは鋭く、身体も屈強。これで街中を歩かれた日には子供が泣いてしまうかもしれないほど。

そんな人にメンチを切られたら？　……一般人だったら当然ビビる。

案の定、若者たちは尻尾を巻いて逃げ出してしまったらしい。

若者たちが去ったあと、どうして建さんがいたのかを晶が問い詰めたところ、どうしても娘の様子が気になって遠くから見守っていたのだという。

新しい家族は大丈夫か、ひどい扱いは受けていないかと、親らしい心配をしつつ見守っていたのだが、晶に悪い虫たちが寄ってきたので追い払うために姿を現した、とのこと。

晶は、その心配はない、大丈夫だと告げた。

しかし若者たちに絡《から》まれていた晶を見て建さんはすっかり頭に血が上っていた。

そして晶のスカートを見て、

「なんだその短いスカートは！　んなもん穿いてるから男どもが寄ってくるんだ！」

と、極論を展開。

「俺が新しいスカートを買ってやる！　早く車に乗れっ！」

「やだっ！　痛いって！　離してー！」

「うるさい！　早く車に乗れっ！」

そこに俺がわけもわからず突っ込んでいった、ということだったらしい……。


——しかし、改めて見るとかなり怖い。こんな人の胸ぐらを俺は摑んだのか……。

頭に血が上っていたとはいえ、今さらだが足が震えそうになる。

しかし晶は、

「お父さんが悪いんだよ！　もう！」

と、建さんの肩を遠慮なしにパンと叩《たた》いた。

「あんなの紛らわしいに決まってるし、下手したら通報されてたんだからね！」

建さんは「やれやれ」という顔をして頭を掻《か》いた。

「俺だって悪いって思ってるって。そんなに親父を責めんなよ……」

「だいたいお父さんのその格好は紛らわしいっていつも言ってるよね？」

「あーはいはい、すみませんでした……。俺がわるーございました……」

娘にまくしたてられて建さんは困ったという顔をしている。

「晶、さっきのは俺が悪かったんだって……」

「兄貴はなにも悪くない！」

「いやいや、事情も訊《き》かずにいきなり突っ込んでいったのは事実だし――」

「それは僕も止めなかったからで――」

「いや、晶は悪くないって！」

「兄貴も悪くない！」

責任の所在を言い合っていると、「プッ」と噴き出す声が聞こえてきた。

「……たく、お前ら、本当に仲良いのな？」

「「え？」」

建さんはにやにやと笑っていた。

「坊主《ぼうず》は晶の兄貴としてすべきことをしたまでだから気にするなって」

「はい……」

俺たちは和解したが、晶はどうにも腑《ふ》に落ちない様子だった。

「偉そうに言ってないでお父さんもきちんと謝って！　じゃなきゃもう連絡取らないから！」

「あ、はい……。坊主、紛らわしくてすまんかったな……」

しょげる建さんは見た目に合わなくて少し笑えた。

役柄や見た目がそうであっても、けっきょくのところ、この人は悪人ではない。

それに、思っていたほどのロクデナシでもなかった。晶にとっては良いお父さん、あるいは晶の前ではそう見せているのかもしれない。

「ところで坊主、晶の兄貴って言ってたが、名前は？」

「真嶋《まじま》涼太です」

「真嶋涼太か……。良《い》い名前だな」

「はぁ……？　ありがとうございます」

どう良いのかわからないが、褒められて悪い気はしない。

「ところで、俺は、見た通りのダメな親父だってわかっただろ？」

「え……？」

「ただの役者崩れで、すぐに熱くなっちまって、けっきょく美由貴も晶も悲しませちまった。俺は本来ならこいつの親父面《づら》する資格なんてねぇくらいダメな親父なんだ」

「そんなことは――」

――ない、とは言い切れない。

家庭を駄目にしたこと、それも全部自分のせい。自業自得《じごうじとく》で同情の余地はない。

けれど、どこか、それだけではないような気がした。

聞いていた通りの人でないのであれば、きっとこの人も美由貴さんと同じように後悔してきたんだろう。そうでなければ、わざわざ娘の様子を見にきたりなんてしないはずだ。

価値観の違いで別れたと美由貴さんは言っていた。

だったら建さんの価値観はなんなのだろう？

答えが見つからず、俺は晶の顔を見た。

晶は建さんの顔をじっと見つめてなにかを言いたそうにしている。

「晶、いい兄貴じゃねぇか？　こいつは間違いなく良い男だ。すっかりあっちの家庭に馴《な》染《じ》んだみたいだな？　安心した」

「う、うん……」

「ただまあ、ちっとばかし考えさせられたよ。そろそろ俺も子離れしなきゃならねぇってな」

晶は「え？」と声をもらした。

「いつまでもお前の人生の邪魔ばかりしてられねぇ。俺がいたら新しい親父さんだって困るだろうしな」

なにを言いたいんだ、この人は？　本当に、なにを言おうとしている？

「なあ坊主、晶は俺に似て口は悪いし可愛《かわい》げはねぇかもしれねぇ――」

そんなことはない。

兄弟に、弟に憧れていた俺にとっては、晶は弟みたいで、本当に可愛いやつなんだ……。

「――でも、それでも俺の大事な娘なんだ」

そんなことはわかってる。晶のことになったら頭に血が上るのは俺も一緒だから。

「……だから、晶をこれからも、よろしく頼む……」

建さんはそっとベンチから立ち上がり、そして俺に深々と頭を下げた。

俺は固まってしまった。大人の男の人に初めて頭を下げられたせいかもしれない。

「つーわけで晶、この坊主と一緒なら大丈夫だ」

「お父さん……」

「変な男に引っかかるなよ？　こんな兄貴みたいな良い男を捕まえろ。いいな？」

「お父さん……？」

建さんの言いたいこと。

もう晶とは一生縁を切ると言っているのではないか。

「じゃあ、俺はもう行くから。二人とも、達者で暮らせよ――」

とにかくこのまま行かせるのは、ダメだ。晶と離れてしまっては。

なにか言わないと、後悔だけの人生になってしまうかもしれない。

建さんにとっても、晶にとっても、後悔だけが残る。

言いたいことはたくさんある。

けれど、なにから口にしていいものかわからない。

晶は学校で「姫野」の姓を名乗っていることを、あなたは知っていますか？

晶はいまだにあなたのことを……――

晶は……――

言いたいのに喉の奥で言葉が詰まって、ひどく苦しい。

「お父さんっ！」

晶は叫んだが、建さんの背中はどんどん小さくなっていく。

それなのに俺も晶もなにも言い出せずにいる。固まって動けずにいる。後を追いたいのに追えずにいる。

このまま見送っていいはずがないと、本当は俺も晶も気づいているはずなのに。

だったら俺にできることは――

「え？　ちょっ……兄貴⁉」

――俺は晶の手を取り、建さんのすぐそばまで駆けよった。

「建さん！」

建さんは立ち止まったが、黙ったまま振り返らなかった。

「俺は今、最高に幸せです」

隣に立つ晶が「え？」と声をもらしたが、俺は構わずに続けた。

「あなたがいたから、晶が生まれたんです」

「兄貴……」

「俺が今一番言いたいのは、晶と一緒に暮らせて、最高に幸せだということです」

けれど、それは俺だけが実現した幸せだ。

「でも、晶の幸せは、俺だけじゃ……俺の家族だけじゃダメなんです。誰にも代わりは務まらないんです……」

俺や親父《おやじ》では満たせないものがある。

美由貴さんでも満たせない、晶の欲しがっているもの。

それがなければ、きっと晶は本当の意味で幸せにはならないと、俺は思う。

少し前から、俺は気づいていた。

そして今日、晶と建さんの様子をはたから見ていて、ようやく確信した。

晶がどうして他人と距離をおこうとしていたのか——

「建さんがお父さんでいてくれて、はじめて晶の幸せがあるんです！」

——晶はずっとそばにいたかったからだ。

他人よりも、誰よりも、建さんのすぐ近くに……——

『あの、最初に言っておくけど馴《な》れ合いは勘弁してほしい』

晶と初めて会った日の、あの言葉。

今にして思えば、建さん以外の人間を受け入れないという宣言だったのだろう。

『大丈夫。一人でできるし、甘えたくないから』

俺にはなんとなくわかる。

今でこそ甘えるようになったが、それまで晶が人に頼ろうとしなかったのは、きっと誰にも迷惑をかけたくなかったから。

建さんが去り、建さんがいなくても大丈夫なように、心を強く、固くしなければならない、そんな生き方をしてきたのだろう。本当は甘えん坊のくせに。

『小さいとき、お父さんの背中を流したときくらいかな……』

晶の心は最初に比べるとだいぶ解《ほぐ》れたと思う。

でも、しょせん俺では建さんの代わりにはなれないとわかった。たぶん親父にも。

『なんか、お父さんの、背中みたい……』

みたい、というのはけっきょくまがい物。本物ではない。

『――お父さん、ありがとう……』

悔しいけれど、晶が欲しいと思っているものを、今の頼りない俺では与えてやれない。

だから、晶に失わせたくない。

「俺、自分を捨てた母親のこと、ずっと憎み続けています。でも、ここにいる晶は違います。離れて暮らしていても、あなたのことが、本当に、大好きなんです……」

俺にないもの、俺が探し求めているもの――

「そこまで晶の中にいられるあなたが、正直、羨ましいです……。血が繋《つな》がっていて、血も通っていて、頼りにされていて、そんなあなたを、俺は、心の底から……」

――それは、本来の家族の姿。

だから俺は、どうしてもこれだけは、はっきりと伝えなければならない――

「だから建さん！　晶を、晶を捨てないでくださいっ！」

俺がそう伝えると、建さんは少し肩を震わせた。

けれど、なにも言わず、振り返らずにまたゆっくりと歩き始めた。

やがてポツリポツリと雨が振り出し、地面の色を濃くしていく。

立ち込める雨の匂いが強くなったと思ったら、すぐに雨足は激しくなった。

制服がずぶ濡《ぬ》れになる。

けれど、俺と晶は手を繋いで立ち尽くしていた。

そうして、去っていく建さんの後ろ姿を、俺たちはただじっと眺めていた。

＊＊＊

そのあと、無言のまま俺と晶は家に帰った。

親父も美由貴さんも仕事でいない。

晶に先に風呂《ふろ》に行くように言い、俺は濡れた制服を脱いで全身をタオルで拭いた。

晶になにを話すべきか見つからない。なにも言わないほうがいいのかもしれない。

けっきょく晶が風呂から出るまで、俺はもんもんと悩んでいたが、ただそのまま風呂に行き、シャワーを浴びながらひたすら後悔した。

言わなくていいことを言ってしまったのかもしれない。

余計なお節介、自己満足、そして自己嫌悪《けんお》……。

今日はとにかく調子が悪い日だ。こういうときは早めに寝よう。

そう思いつつ風呂から出た。

それからしばらくして、部屋に一人でいると晶がやってきた。

「兄貴、今いい？」

「あ、うん……」

なんとなく、来るような気はしていた。

俺がベッドの上で居住まいを直すと、右隣に晶が座った。

「お腹《なか》、空いてる？」

「いや、べつに……」

そのまま沈黙が続いた。

窓を激しい雨が叩《たた》いている。警報とまではいかないが注意報くらいは出ていそうな勢いだ。

そうして黙ったまま雨音を聞いていると、不意に晶が口を開いた。

「兄貴、今日のことは……」

言いづらそうにして晶は俯《うつむ》いた。

「ごめん、俺、なんか、つい……」

「ううん、僕が……。でも、兄貴に言いたいことがあって……」

そう言うと、晶はコツンと俺の肩に頭を預けた。

「兄貴、ありがとう……」

「え?」

「僕のために、いっぱいいろんなことを言ってくれて……」

「あ、いや、俺は……」

ただのお節介だ。しなくてもいいことを、言わなくていいことをたくさんした。

兄だから——いや、そういう建前はもういい。

俺は、晶という一人の女の子のために空回りしただけなのだ。

「兄貴、余計なことしたって思った?」

「……ああ。晶のためって思いつつ、けっきょく自分の自己満足だったと思う」

「そんなことないよ。兄貴の優しさ、ちゃんと伝わってきたし」

「だったらいいんだけどな……」

「それに、今日の兄貴、すごくかっこよかった。僕のためにお父さんにいろいろ言ってくれて嬉しかった……」

その言葉すら、ただ情けなくて恥ずかしい。

けっきょく、建さんにいろいろ伝えたいことがあったが、口をついて出たのは自分の感想と感謝、そして余計なお節介。

晶の言葉を代弁したわけでもなく、ただ言いたかったことを取り留めもなく言っただけ。

あんなもの、言われたほうは困るに決まってる。

「すまん、なんだか、もっと言いたいことはあったんだが……」

「あれ、感動した。最高に幸せだってやつ……」

「うっ……。言うなって……」

「僕も同じ気持ちだよ。僕も、兄貴と出会えて最高に幸せだから」

「っ……！　もうこの話、よさないか？」

「まだ。最後までちゃんと聞いて」

こっちは恥ずかしくて穴があったら入りたい。むしろ穴を掘って埋まりたいくらいに顔が真っ赤になっていると自分でもわかる。

羞恥と後悔——俺の場合、いつもこれらがセットになる。

「兄貴、僕がお父さんのこと好きだって、知ってたんだ？」

「まあ、なんとなくはな……」

「また、お父さんに捨てられちゃうのかって思ったとき、どうしようもなく寂しかった。なにも言い出せなくて困ってたら、兄貴が代わりに言ってくれた」

「そっか……」

「でね、さっきお父さんからメールが来てた」

「え？」

「事務所から連絡が来たんだって。前に受けてたオーディションで合格して、今度ドラマの脇役をすることになったってさ」

「へー、それはすごい。良かったじゃないか？」

「うん。それで、撮影が落ち着いたら一緒にご飯でもどうかって誘われた」

「え？　それじゃあ――」

「兄貴が僕の気持ちをぜんぶ言ってくれたから、お父さんもまた僕に会いたいって思ってくれたんじゃないかな」

「そっかぁー……」

ため息まじりにそう言うと、全身から力が抜けていった。

無駄ではなかった。本当に良かったと、ひどく安心した。

「でね、兄貴。ちょっと目を瞑《つむ》って」

「え？　なんでだよ」

「いいから」

目を瞑った。目の前が暗くなると、雨音がいっそう大きく聞こえる。風呂上がりの晶の甘い香りもいっそう濃く感じられた。

感覚的に晶がこちらへ体重を移動したのがわかった。

ベッドがギシっと揺れ、晶の体温が近づいてくる。

まさか、また変顔でもさせる気か？

と、思った瞬間、俺の肩に晶の手が置かれ、そして――

「――……チュッ」

俺の唇のすぐ横、なにか、温かくて、柔らかい感触が伝わってきた。

すぐにそれが晶の唇だと理解した。

目を見開いて、晶のほうを向いた。

晶は顔を赤らめて、口元を押さえている。

「晶、まさか……」

「うん……。キス、しちゃった……」

「しちゃったじゃないって！　なにしてんだ⁉」

「えっと、今日のは嬉しかったけどちょっと怒ってるから。あと、意思表示？」

「は？　怒ってる？　なんの意思表示？」

「……僕は一度も、兄貴をお父さんの代わりにしようと思ったことはないよ」

「え？」

「兄貴は兄貴だから。それだけは勘違いしないで」

「わ、わかった。――じゃあ、今の、キスの理由は？」

「いちおう……感謝の気持ち的な？」

「……どこの国の意思表示？」

それから晶と少し話したあと、彼女は「じゃあね」と笑顔で部屋を出て行った。

晶がいなくなったあと、俺はどっとベッドに寝転び、真っ白な天井を見上げる。

俺は建さんの代わりではない。

兄貴は兄貴、か……。

だったらもっと、晶にとって頼れる兄貴にならないとな……。

唇のすぐ脇に、まだ晶の唇の感触が残っている。頭の熱も冷めない。

雨に当たったせいで風邪でも引いたのではないか、と錯覚するくらいに。

9 SEPTEMBER

9月8日（水）

なにから書いたらいいだろう？

書きたいことは山ほどあって、でも書くのは少しためらっちゃって、
けっきょくペンが進まないままけっこう時間が過ぎた。

もう日付は回って9日になっている。

でも3つだけ。

1つ、今日はお父さんと久しぶりに会った。

相変わらずで安心したし、ドラマのお仕事ももらえたみたいで良かった。

2つ、兄貴がとってもカッコよかった。

勘違いで怒ってたけど、原因は私やお父さんにあるからしかたがない。

そのあとも私のために兄貴はお父さんに私の気持ちを伝えてくれて嬉しかった。

3つ、思わず兄貴にキスしちゃった……。

兄貴は真っ赤になって驚いていたみたいだけど、取り乱す兄貴がかわいいと思った。

本当は唇にするつもりだった。でも、それはさすがに兄貴も嫌がるだろうし
やめておいた。

4つ……3つだけって書いたのに、なぜか4つ目だ。

でもこれが一番大事で3つ目の続き。

兄貴とこうして暮らすようになり、お互いのことをいろいろ知って、毎日が楽しくて……

まとめると、兄貴のことが大好きになってしまった。異性として。

これ、誰かに読まれたらたぶんヤバいやつ……。

〈追記〉

1つ、どうしてもわからないのは、兄貴がどうしてそこまで家族にこだわるかということ。

聞いたら教えてくれるかな？

メンデルの法則には血が通っていない、その本当の意味も。

たまに、寂しそうな兄貴の顔を見ると、たまらなく胸が苦しくなる。

兄貴が寂しいのなら、私が兄貴の心を満たしてあげたい……。

第10話「じつは義妹《いもうと》の様子が最近おかしくなりまして……」

９月も半ばを過ぎると、寒暖の差が激しくて着るものに困る。

衣替えはもう少し先だが、うちの学園の場合、制服の着用はそれほど厳しく言ってこない。寒かったらブレザーを着ていったらいいし、暑かったらブレザーを脱いだらいい。

俺も晶《あきら》も二学期からブレザーで登校していたが、駅から学園に向かう道を歩く生徒で、夏服の生徒は誰もいなくなっていた。

「すっかり秋だなぁ」

「そ、そう、ですね？」

「みんな俺たちみたいにブレザーを着てるなぁ」

「寒いからじゃ、ない、かしら？」

「あ、あのさ、晶……」

「兄き……お、兄ちゃん、ぼ……私さ、このブレザー可愛《かわい》くて、好きなんだ……よね」

「あの、晶、ちょっといいか？」

「なに、かしら……？」

「……なんでお前、朝からバグってんだ？」

「へ!?　なんのこと？」

「だから喋《しゃべ》り方が……」

「えっと、だからなんのこと、でしょう？」

晶がここ最近おかしい。おかしいのは最近だけではないかもしれないが、とにかくおかしい。それも笑えないレベルで。

今だってそうだ。晶の言葉遣いがなんだか怪しくて仕方がない。

「なんで、あに……お兄ちゃん？　いつもどおりでしょ？」

「……嘘《うそ》つけ。なんで無理くり喋り方を変えようとしてる？　あと声をワントーン上げてるのはなんでだ？」

するとと晶は「はぁ～」と大きなため息をつき、

「最近兄貴、ひなたちゃんと仲良いよね？　僕と一緒にいるときより話してない？」

いきなり素に戻った。

「……聞こうか」

「兄貴、じつはひなたちゃんみたいな子と付き合えたらいいなぁって思ってるでしょ？」

「ほう？　なぜそう思う？」

「そりゃあ……。女の子っぽいし、仕草とかも可愛いし？」

「そのことと晶の喋り方がおかしいことはどう関係しているんだ？」

「兄貴がそのうち全然構ってくれなくなる気がして、妹の僕としては寂しいのです……」

「なるほど……」

ストレスかなにかで晶がバグったのではないかと心配したが、そうではないと聞いて安心した。

しかし大いに的外れであることは否《いな》めない。

ひなたと付き合いたい？　天地がひっくり返ってもあり得ない話だ。

「あのなぁ晶、それ完全に誤解だから」

「誤解ってなにが？」

「もともと俺とひなたちゃんはよく話すんだよ。光惺《こうせい》の妹だし、ひなたちゃんとはもう四年の付き合いになるから」

「じゃあ意識とかしてないわけ？」

「…………まあな」

「なんだよその間⁉」

「いや、たしかに可愛いとは思うよ？　ただ、最近ちょっとなぁ……」

「最近、なに？」

「う～ん……。実はな――」

――まずは今週、週明けの月曜日のこと。

「涼太《りょうた》先輩、おはようございます」

「ああ、おはようひなたちゃん」

朝、二年の教室に向かう途中で、ひなたに声をかけられた。

ここ最近は朝早く出ているらしく、途中から光惺と合流するが、しばらくのあいだひなたの姿を見てなかった。

「新しいシュシュにしてみたんですがどうですか？」

そう言うと、ひなたは髪を括《くく》っているシュシュを見せてきた。

「ああ。とても良く似合ってるよ」

「本当ですか？　ありがとうございます！」

「え、あ、あの――」

そのまま階段を駆け上がって行ってしまった。彼女はいったいなにがしたかったのか……。

「どうしたんだ、ひなたちゃん？」

「さあ？　あいつ、バカだから」

光惺はそう言って気にも留めていないようだったが、あの行動がどんな意味を持っているか俺には気になって仕方がなかった。


翌日の火曜日の昼休み。

「涼太先輩」

今度はひなたが二年の教室にやってきた。

「やあ、ひなたちゃん。どうして二年の教室にきたの？」

「これ、お兄ちゃんに渡そうと思って」

「ん？　これは光惺のジャージ？」

「間違って持ってきちゃったんです。体育で着替えようと思ったらサイズが違ってて」

「そっか。だってよ、光惺」

「あ、そう……。べつにいいけど」

ひなたはそう言うと光惺にジャージを渡し、去り際に俺の方を向いて小さく手を振った。

「それじゃあ涼太先輩、また──」

「あ、ああ、また……」

ジャージを渡しにきただけ、ということらしいが、なにか違和感が残る。

「ひなたちゃん、お前がそこにいるのにほとんど無視してたな？」

「んなもん、いつものことだろ？」

「でもさ、今日俺たち体育ないだろ？　わざわざ今返しに来る必要はないんじゃ……」

「だから、あいつバカだから」

バカの一言でまとめるこいつもどうかと思うが、それにしても、それにしてもである。

単なる俺の思い過ごしかもしれないが……。


——と、こんな感じでひなたの不可解な行動が続いている。

そのことを晶に言うと、ちょっと暗い顔になった。

「それってさ……。兄貴、なにも気づかないの？」

「なにを？」

「だからひなたちゃん、兄貴のことを、その……」

「だからなに？」

「うっ……だから、それは……」

「なんだよ？」

「だから、ひなたちゃんが兄貴のことを好きってこと！」

「はい？　どうして今のひなたちゃんの行動からそう思ったんだ？」

「そりゃあ、だって、好きな人と、なるべく一緒に、いたいじゃん……？」

晶は真っ赤になってモジモジと身体《からだ》をくねらせた。

「だから、たぶん兄貴のこと……」

晶の言いたいことはわかった。だが、あえて言おう――

「ひなたちゃんが俺のことなんて好きになるはずがないだろう！」

思わず強めに言い返しておいたが、そのあとちょっとだけ悲しくなった。

「な、なにその急な卑屈……。なんでそんなに好かれてないって自信があるの？」

「いや、だって惚《ほ》れられる要素なんて一個もないし」

「兄貴さ、もうちょっと自分を可愛がってあげてよ……」

晶がはひどくがっかりした顔をしていた。

「惚れられるかは置いといて、兄貴のいいところはたくさんあるって」

「たとえば？」

「たとえば～……優しいところ、とか？」

「はい出ました〜、超意味のない相手の好きなところナンバーワ〜ン！」

「はぁ？」

「あのなぁ、晶。世の中の男性ってやつはだいたい女子に対して優しいんだ」

「光惺先輩は？」

「あいつはカスだから論外だ。もっと一般的な意見だよ」

「光惺先輩、かわいそー……」

自分のことを好きになってくれた女子のことを「うざっ」って平気で言ってしまうあいつに同情の余地はない。

「晶にこれまで寄ってきた男子の中で、優しくしてこなかった男子はいるか？」

「どうだろ？　たぶんいないかなぁ……」

「だろ？　つまりだ。好きな人に対しては必然的に優しくなる。逆説的に言えば、自分にだけ優しくしてくれる人を好きになる、『あくまで可能性がある』って話だよ」

「はぁ……？」

「だがしかし、俺は知っている。けっきょくそんなものは、もうすでに好きになってるから優しいところもいいねって言ってるだけなんだ」

「……優しいから好きになるってわけじゃなくて、もうすでに好きになってるから優しい部分も好きってこと？」

「その通り。優しさなんて後付けの理由なんだよ。好きだから好きなんだ。理屈じゃない。好きの理由なんてみんな後付けさ」

　俺は恋愛評論家のようにそう言うと、晶は少し、というか思いっきり引いていた。

「……よくわかった。兄貴が恋愛について一生懸命ググってるってこと……」

「なんだ、バレたか」

「あと、兄貴が恋愛について熱弁するのはちょっと引く……」

「あそう？　──まあ、借り物の言葉かもしれないけど、俺もそう思うって話。それなりに恋愛には興味はあるからな」

「え？　興味あるの⁉」

　晶は目を丸くした。

「なぜ驚く？　たぶん、みんな恋愛について一度はググったことあるんじゃないか？」

「そうかなぁ……」

「そういうもんだ。──で、話は戻るけど、ひなたちゃんに俺が惚れられる要素はない」

「そこ、やっぱり言い切るんだ？」

「だからそれ以外でここ最近のひなたちゃんの行動について考えてたんだ。で、結論は

「──」

「……結論は？」

「──さっぱりわからない」

「ダメだこりゃ……」

晶は肩を落として見せた。

「兄貴の言うことはわかるよ？　でも、僕は優しい人って好きだなって思うよ」

「そうか？」

「まあ、誰でもいいってわけじゃないけど、この人はないわって思ってた人が急にかっこよく見えたりするときだってあるし……」

「ふ、ふ～ん……。たとえばどんなやつ？」

「たとえば……兄貴とか？」

「俺!?」

「い、一般論の話だって！　──兄貴はさ、僕にすごく優しいじゃん？」

「そ、そうか？　優しいかな、俺？」

「うん、すごく……。もしひなたちゃんが兄貴のことを好きじゃなくても、兄貴のほうからひなたちゃんに、僕にするみたいに優しく接したら、好きになってもらえるんじゃない？」

「それはないなー」

「え？　なんで？」

「だって俺が晶に優しいのは、晶だからだし」

「っ――――!?」

当然のことだ。家族だし、こんなに気安く接することができるのは晶だけだから。

同じことをひなたに、もっと言えば晶以外の他の誰かにするなんて、まるで想像できない。

「つーわけで晶、俺はひなたちゃんを妹の理想形だとは思うが、お前はお前だと思ってるし、変に言葉遣いとか変える必要はないからな？　お前はそのままでいい。そのままがいい」

「う、うん……」

「ところでなんで顔が真っ赤なんだ？」

「兄貴のせいっ！」

そんなやりとりをしながら俺たちは今日も仲良く登校した。

＊＊＊

ところが、その日の昼休みのこと。またひなたが二年の教室にやってきた。

「涼太先輩、ちょっと相談したいことが……」

「相談したいこと？　俺に？」

「は、はい……」

「なに？」

「えっと、それは、ここじゃあちょっと……」

ひなたは顔を朱に染め、モジモジとお腹《なか》のあたりで手をいじっていると、

「ついに告白か？」

光惺が横から口を挟んだ。

「違うから！　ついにってなに⁉　というかお兄ちゃんは黙ってて！」

朝の晶との一件もあって、俺も一瞬告白されるのかと思って身構えたが、どうやらそうではないらしい。なぜかほっとしたのと同時に残念な気持ちにもなった。

「じゃあちょっと場所を変えようか？」

「は、はい……」

ひなたと一緒に向かった先は、使わない机やら椅子がまとめられている、一階の階段下。

ここは昼休みに生徒がたまに通るくらいで、特に周りを気にする必要もない。

「それで、話って？」

「えっと、晶ちゃんのことです……」

「晶のこと？　なに？」

「それがですね、晶ちゃん、最近ちょっと様子がおかしいんですよ！」

「はぁ……？」

ひなたの様子がおかしいと思ったら、今度はその本人から晶の相談をされてしまった。

最近、俺の周りは様子がおかしいらしい。光惺は――あいつは今日も平常運転だな、たぶん。

「具体的にはどうおかしいの？」

「教室でぼーっとしてることが多いんです」

「へぇ～……」

家だとぐでーっとしているし、特に気にする必要もなさそうだが？

「あの、涼太先輩、真面目に聞いてます？」

「ああ、いたって真面目だよ？」

「ならいいんですけど……。とにかく、勉強にも集中できてないようなので、なにか知らないかなぁって思って……」

そのとき、急に朝の会話が思い出された──

『──まあ、誰でもいいってわけじゃないけど、この人はないわって思ってた人が急にかっこよく見えたりするときだってあるし……』

──まさか……。

「いちおう聞いてみるんだけど……」

「なんです？」

「晶と話してて、特定の男子の名前とか、恋バナとか話したりしてない？」

「え？　べつに……」

「よく思い出してみて？」

「えっと……。特定の男子というか、涼太先輩のことはよく話してますね？」

だったら恋愛関係で悩んでぼーっとしているわけではなさそうだ。

「もしかして、恋の悩みとかですかね？」

「その可能性はまずないな」

「ないって、なんで言い切れるんですか？」

「あいつ、平日はいつも家で俺とゲームするか勉強して漫画読んでるだけだし、休日もほとんど家でダラダラと過ごしてるって感じだしな」

スマホもゲームをするくらいで、特に誰かとこまめに連絡を取り合ったり、スマホの画面を見てにやにやとかもない。していたとしてもガチャで良《い》いアイテムをゲットしたときくらいだ。

「男性の影はないと？」

「ないどころか皆無だな。たまにだけど前のお父さんと連絡を取り合ってるみたいだけど、それ以外は……ないない、そんなのありえない」

「そこまで言い切っちゃっていいんですかね……？」

「ぼーっとしてるのは、ほら、秋だからだろ？　空が澄んで見えるって言うし」

「はぁ……？」

「だから、そこまで気にする必要はないんじゃないか？」

「そうだったらいいんですが……」

「まあ、家でも気になるようなことがあればまた教えるよ。いつも晶の面倒を見てくれてありがとう、ひなたちゃん」

「いえいえ。それじゃあ先輩、私はこれで――」

ひなたは軽くお辞儀をして、そのまま階段を上っていった。

俺は一人、その場で晶について考えた。

……晶が誰かのことを好き？

思わず鼻で笑いそうになったが、その可能性は皆無というわけではない。

だとしたら誰だ？

晶に繋《つな》がりそうな人物。晶が思わずかっこいいと思えるような男性……。

光惺は――ないだろう。接点もほとんどないし、見ていてわかる。晶はちょっと苦手そうにしていが、もしかして好きの裏返し？　いやいや、きっと違う。

前の学校だと男子との交流もほとんどなかったようだし、ネットで知り合った関係っていうのはありそうだ……。

いや、俺が知らないだけで晶には仲のいい男子がいるのかもしれない。

とにかく、晶が誰のことを好きなのか、ひどく気になって仕方がなかった。

＊　＊　＊

その夜のこと。

俺は一人自室で過ごしていたが、なんだか落ち着かない感じだった。

それもこれも昼の一件のせい。晶に好きな人がいる、かもしれないということ。

考えてみたがけっきょくわからなかった。

こうなったらそれとなく聞いてみるしかない。

ちょうどノックの音がして、晶が俺の部屋にやってきた。

「兄貴、漫画返しにきた」

「晶、ちょっと俺と話さないか？」

「なに？」

「晶、もしかして好きなやつがいるのか？」

「え……？　えぇっ⁉」

それとなくどころか、かなり単刀直入過ぎた感は否《いな》めない。

まあ、婉曲《えんきょく》的な表現は色々な誤解を生むかもしれないので、晶にはこれくらいがちょうどいいだろう。

「な、なんで、いきなり……？」

案の定、顔は真っ赤だ。

やっぱり、晶は――いや、まだ決めつけるのは早い。もう少し情報を引き出してみるか。

「いるのかいないのかで言うと？」

「ううっ……」

なるほど、この反応はいるな。

「どんなやつ？　顔は？　性格は？　年収はいくらだ？」

「年収はないけど……」

だったら無職かニートか働いていない学生ってところか……。全然的を絞れないな。

「いるってことは間違いないな？」

「うん……」

「そっか。じゃあ、もう一つ訊くけど、その相手は俺も知っているやつか？」

「それは……えっと……」

晶の目がだいぶ泳いでいる。否定も肯定もなく、恥ずかしくて口に出せないところを見ると、やっぱり俺の身近な人物なのだろう。

「てか兄貴、どうしていきなりそんなこと訊くの？」

「気になるから」

「いや、こういうデリケートなことを好奇心で訊くのはどうかと……」

「好奇心とかじゃなくて、晶のことだからだ」

「僕の？　な、なんで……？」

「なんでって、そりゃあ――……――」

……なんでだろう？

なんで晶のことになると気になるのか？

言われてみればだが、俺は特に他人の恋愛どうのこうのにはあまり興味がない。

晶が家族だから、妹だから、身近な女の子だから……。

わからないけれど、こういうときに便利な言葉は一つしか思い浮かばない。

「――兄貴だからだ」

「それ、理由になってない」

晶はだいぶ呆《あき》れていた。

まあ、たしかに兄貴だからって妹の恋愛に口を出すのはやりすぎかもしれない。

「……やっぱこの話はなしだ」

「えぇっ!?　自分で振っといて!?」

「ごめんな。ということで俺はもう寝るから、晶も早めに寝るんだぞ?」

「えっと……。兄貴、そのことなんだけど……」

「どうした?」

晶の顔はすでに真っ赤だ。

Tシャツの胸のあたりを摘《つま》み上《あ》げて鼻に押し当てているせいで、晶の白い腹がショートパンツの上でチラチラと見え隠れする。

「どうしても、僕の好きな人、知りたい……?」

「あ、ああ……。教えてくれるのか?」

「うん。でも、一つだけ条件がある……」

「条件?」

「というよりも、これは僕からのお願い……」

すると晶はさっきよりもさらに顔を真っ赤にし、ねだるような目で俺を見た。

「兄貴、今晩は僕と一緒に……――」

俺は耳を疑った。

けれど、はっきりとこう聞こえた。

「――一緒に寝てほしい……」

……晶と、一緒に、寝る？

9 SEPTEMBER
9月 日（ ）

最終話「じつは義妹でした。そして兄が出した結論は……」

俺は、初めて晶《あきら》の部屋に入った。

俺と親父《おやじ》が運び込んだ家具はほとんどそのままの位置にあり、ただ、その周辺には女の子らしい雑貨やヌイグルミなどが置かれていた。

想像していたのは、脱ぎっぱなしの服が放っておかれていたりだとか、机の上に雑然と平積みされた漫画本があったりだとか、もっと散らかっている部屋だった。

けれど実際はそんなこともなく、整然としていて、自然と女の子の部屋だと感じられるような部屋だった。

なにか、良《い》い香りがする。甘いようで、落ち着く香り。たまに晶からふんわりと香ってくるやつだ。

皮肉にも、答えは俺の部屋の隣にあった。

最初から晶の部屋を覗《のぞ》いていれば、俺は晶を弟だとは勘違いしなかった……かもしれない。

「今さらだけど、怖気《おじけ》づいた……」

「えぇ～？　まだ部屋に入ったばっかじゃん？」

「……いや、お前、本当に女の子だったんだな？」

「……今までなんだと思ってたの？」

晶は「もう」と言いながら先に布団《ふとん》の中に入った。そして布団の端を少し開け、と俺を誘った。さっきから緊張しっぱなしで、太鼓を叩《たた》くように心臓が鳴っている。

「兄貴、早く来て……」

「お邪魔します……」

「邪魔なんかじゃないよ……って兄貴のセリフだったよね？」

「そこは、邪魔するなら出てってーって言ってほしかったな……」

シングルのベッドは二人で寝るには狭い。

ちょっとでも動けば、俺と晶の肩はぶつかってしまう距離にある。

「あ、恥ずかしいから電気消して……」

「……そもそも寝るときは電気を消す。俺は真っ暗派だからトイレに起きても俺を踏むなよ？」

電気を消して部屋を暗くした。

目が慣れてくると、オーディオの明かりで部屋の中がぼんやりと見えるようになった。

「しっかし、一緒に寝たいなんてどういう風の吹きまわしだ？」

「ぶっちゃけるならベッドの中かなって思って」

「どういうことだ？」

「ほら、修学旅行で恋バナするとか、パジャマパーティ的な？」

「なるほど……。なんとなくわかる」

「それにほら、一人っ子だと兄弟もいないじゃん？　昔からこういうのに憧れてたんだ
──」

「ああ、それ俺もわかる。兄弟で一緒に寝るのってどうなんだろうって」

「そういうのもあって、兄貴と一緒に寝てみたかったんだ」

俺も、と言いたいところだが、それは弟だったらの話だ。

「ねえ、ちょっと腕借りていい？」

「え？　うん……」

晶は俺の腕をとり、そのまま自分の身体《からだ》に引き寄せて抱いた。

「兄貴、こんなのドキドキする？」

「……する」

「へぇ～……。ドキドキするんだ？」

「ああ、だから離してくれ」

「やだ。もうちょっと」

「いずれは離すってことだよな？」

「さぁ～……」

「お前、恥ずかしくないの？　その……俺の腕がいろいろと……」

「まあ、ちょっとだけ……。でもまだ大丈夫かな？」

「なんで？」

「兄貴だから」

こっちは、こうしてなにか話してないと理性が吹っ飛びそうなんだが……。

「そういえばさ、僕たち恋人がするようなこと、ほとんどしてきたよね？」

「ん……？」

「ハグに、キスに、一緒にお風呂《ふろ》に入って、それからこうして一緒に寝て……」

「おい、誤解を招くようなことを言うな。ハグは俺からしていないし、キスは……唇じゃないし、お前からだ。風呂だって……ある意味、あれは未遂だ。今一緒に寝てるのは事実だけど……」

その先は想像したらいけない。

本能よりも理性がまだ優勢。ただ、一瞬でも気を抜いたら全部持っていかれそうになる。

「だったらもっかい全部順番にしてみる?」

「アホ」

「まあ、冗談はさておき、さっきの質問の続き」

「さっき?」

「僕に好きな人がいるって話」

「あ、ああ……」

心臓のあたりが急に摑まれた感じになった。

「もし僕が兄貴のことを好きだって言ったらどうする?」

「それは……」

正直、困る。それだけは、その一線だけは越えてはいけない。

俺が真面目に悩んでいると、あははと晶が笑った。

「やっぱ兄貴、おもしろい!」

褒め言葉? いや貶《けな》されてる感じだな。

「まあ、兄貴のことは好きだよ」

「その『まあ』でだいたい察しはついた。もう言わなくていいぞ?」

ラブではなくライク。異性としてではなく、兄貴として、身内としてということだ。

「もちろん異性として」

「うぐっ……。晶、それは……」

あっさりと期待を裏切られ、心臓がさらに高鳴り始めた。

いや、さっきからずっと高鳴ってはいるのだが、それにも増して激しい。

「でも、僕としては兄貴を困らせたくないんだ」

「いや、それぶっちゃけた時点で非常に困るんだけど……」

「あははは、ごめん！」

「お前、わざとだろ？」

本当に意地が悪い。こういうときの晶は俺に対してたまらなく意地悪になる。

「兄貴って、家族っていうものをすごく大事にしてるよね？」

「あ、ああ。まあ……」

「だから、今は義理の妹ってことで、そのうち兄貴のお嫁さんにして」

いきなりのプロポーズに俺は面食らった。

「晶、もしかしてお前死ぬのか？」

「は？　なんで？」

「それ、完全に死亡フラグ立つだろ？　結婚前に交通事故とか重病とか記憶喪失になるやつだろ、それ？」

「最後のは死んでないと思うけど……まあいっか」

晶はくすりと笑った。

「そうじゃなくて、本気でそう思ってるんだ」

「……マジか？」

「マジ。──僕には兄貴しかいない。もらってくれなきゃ一生独りかもしれない」

「いや、その可能性はない。お前は、その……綺麗《きれい》だし、俺とは違って好きになってくれる相手がいっぱいいるだろ……」

「ううん、兄貴しかいないと思う。家での僕をよく知ってるのは兄貴しかいないよ」

「ああ、まあな……」

自分のことを「僕」と呼び、菓子を貪り、ジュースをすすり、ダラダラとゲームやったり漫画読んだり、気づけば平気で床に寝転んで腹を出して寝ている、おおよそお淑《しと》やかさのかけらもない弟みたいな妹……。

「だからきっと、僕が告白しても今すぐ答えが出せないんじゃないかな？」

「え？」

「でも、兄貴は、家族だからって理由で先に進めないと思ってる」

まだ知らないことのほうが多いかもしれないが、その辺の男よりは晶のことをよく理解しているつもりだ。大事に思う気持ちも誰にも負けていない。

俺は、家の中と外の晶を知っている。

晶はまたくすりと笑った。

「そう思うのは兄貴だけだって」

「だからなんで世界規模なの？　せめて日本国内だけにして？」

「……まあ、世界には俺と同じような考え方のやつもいるだろう、たぶん」

「まあそれも大事だが、中身もべつに悪くないと思うぞ、お前……」

「みんなが見てるのは表面的な僕。見た目とか、そういうの……」

晶は笑っているが、俺は、べつに、そんな晶もいいなと本音では思っている。

「それ、地味に傷つくやつ」

「世界は広いからな……」

「家での僕を見て、好きになる男の人っていると思う？」

「……お前、もしかして、俺が返事を保留にすると思ったから告白したのか？」

「うん」

なんて、ずるいやつだ。散々人の心をかき乱しておいて。

「なんでわかっててそんなことを……？」

「唾つけておかないと、誰かにとられちゃうから」

「それはない。俺はそんなにモテない。自分で言って悲しくなるけど……」

「ううん、きっと兄貴はこれからもとんでもない勘違いをして、誰かをこれからも勘違いさせると思う。そしてその子はたぶん兄貴のことを好きになるよ」

「うっ……」

「兄貴はタチが悪いよね。勘違いさせておいて自分では全然気付かないし、どうせ俺は勘違いしないとか言って、素直に人の好意を受け取らない」

「それは……」

「僕がいい例でしょ？　兄貴にあれだけされて、好きにならないはずがないじゃん……」

「そ、それはですねー……」

——そうだ。

晶が俺のことを好きだという気持ちは、俺が晶を弟だと勘違いしたところから始まった。

俺の勘違いの言動を、すべて自分への好意だと晶は勘違いしてしまったらしい。

結果、晶は俺を好きになった。……いや、好きにさせてしまった。

勘違いをして、勘違いをさせたのだけれど、もう勘違いでは済まされない。

晶が俺のことを好きになってしまったと言うのだから。

本当の意味で、俺は取り返しのつかないことをしてしまったのかもしれない。

「でも、弟だって勘違いしてくれなかったら、今の、兄貴のことが大好きな僕はいなかった」

「え……？」

「だから僕は、兄貴に勘違いしてもらって、本当に良かったと思ってるんだ」

「晶……」

「恋愛感情は抜きにしても、僕は兄貴と仲の良《い》い家族になったんだ。だから、嬉《うれ》しい」

晶はそう言うと、俺の腕をさらに強く抱いた。

「それ、自分で言ってて恥ずかしくならない？　……って、晶のセリフだったよな？」

「まあ多少は？　――君は嫌か？　……って、兄貴のセリフの次は？」

二人で初めてまともに会話した、あの顔合わせの日の最後の言葉を互いになぞるように、俺たちは続けた。

「……難しいけど――」

そこで俺は考え、ためらいつつ、

「――君、じゃなくていい」

と、口にした。

「じゃあ、なんて呼んだらいい？」

「……俺のことは兄貴でいいよ」

若干の沈黙が流れたのち、俺たちは互いの顔を見合わせて同時に噴き出した。

「あははは っ！　なんだよそれー！　そこは『涼太《りょうた》でいいよ』だろっ！」

「兄貴は兄貴だろ？　兄貴を呼び捨てにしていいと思うなよ？」

ひとしきり笑い合ったあと、俺たちは布団《ふとん》の中で握手を交わした。

晶の手は相変わらずすべすべとしていて柔らかい。ほんの少し力を入れただけで壊れてしまいそうな、ガラス細工のような手だった。

ただ、あのときと違うのは、晶の手にほんのりと温《ぬく》みがあった。

気恥ずかしくなり、思わず一緒に手を引っ込め、そこで俺たちは見つめ合った。

「ねえ、兄貴……僕の気持ち、ちゃんと伝わった？」

「ああ……」

「だったら、次は兄貴の話をして？」

「俺の話？」

「メンデルの法則は血が通っていない——あの言葉の本当の意味は？」

「……覚えていたのか？」

「うん。なんだか印象的だったから。寂しそうな目をしていた。言葉そのものというより、あのときの兄貴、ひどく寂しそうな目をしていた。怒ってるのか、悲しいのか、苦しいのか、そんな不思議な目だった」

「そっか……」

気づいていたらしい。

ただ、本当の意味まではたどり着けなかったようだ。

……話しておくか。

ここまで気持ちを伝えてくれた晶には、きっと知る権利があると思うから。

「……親父《おやじ》にも、話したことはないんだ。知ってるのは、俺と光惺《こうせい》だけ」

「え……？」

「でも、親父もたぶん知ってる。知ってて、知らないふりをしてくれているんだと思う。関係ないって、そう思いたいのかもしれない。親父はいつだって貧乏くじを引くから」

「貧乏くじって……？」

言葉にするのはためらわれた。

言葉と一緒に嫌な感情まで込み上げてくる。

一方で誰かに聞いて欲しい。そして心の奥から溢《あふ》れてくるように、言葉が口をついて出た。


「――俺は、親父と血が繫《つな》がっていないだろうから」


「え……？」

「きっかけは、中学の理科の時間だったな。その日、授業でメンデルの法則を勉強したんだよ。いつもはつまらない授業だって思ってたんだけど、その日は違ってて――」

俺は薄暗い天井を見つめながら、ゆっくりと自分の身の上話を始めた。

＊　＊　＊

トラウマがある人は歴史嫌いだという。

けれど俺は、母親に捨てられた過去がトラウマになっていたとしても、社会の歴史の授業は好きだった。

嫌いな教科と訊《き》かれれば、理科と答える。

なんというか、理科は優しくない。観察と実験と考察。事実を容赦なく明るみに出してしまいそうだし、そこに感情が付け入る余地がないからだ。

その日もつまらないと思いながら理科の授業を受けていた。

でも、ある一点だけ俺は興味を引かれたものがあった。

それは、血液型の話。

それまで俺は、血液型は単純にA型、B型、O型、AB型だけがあると思っていた。

けれど、AO型、BO型、OO型、AB型があると教わり、そして親同士の組み合わせで子供の血液型が決まるらしいということも。

その授業を聞きながら、俺はすっかり青ざめていた。

「先生、質問があります」

「ん？　真嶋《まじま》、お前が手をあげるなんて珍しいな？　どうした？」

「AB型の親からO型の子供が生まれることはあるんですか？」

「う～ん……。それについては、可能性は限りなく低いと言っておこうか。例外はある。必ずしも可能性はゼロではないからな」

「……どれくらいの可能性ですか？」

「正確にはわからない」

「限りなく低いってことですか？」

「まあかなり、珍しいな」

そのとき、不意に昔の記憶が蘇《よみがえ》った——

『彼がね、子供は要らないって言うの……。それで——』

『涼太は俺の子供だ。俺が引き取るに決まってるだろう！』

『でも涼太は——』

『くどい！　出て行きたかったら出て行け！　そして二度と涼太に近づくな！　涼太は俺が育てる！　……——』

——あのときの、親父と、母親だった人のやりとり。

母親だったあの人は、「でも涼太は——」と言いかけて、そのあとなにを言おうとしたのだろうか？

わかっている事実は、親父がAB型だということ。

そして俺がO型だということ。

これが実験だったら、実験結果は、考察は……――

「あ、例外についてはテストに出ないから覚えなくていいぞー」

先生はクラス全体に覚えなくていいと言ったが、俺は忘れられなかった。

これだから理科は嫌いだ。

例外はある、と言っておきながら、なんの希望ももたせてくれないから。

＊　＊　＊

「――そんなわけで、俺は親父と血の繋がっていない可能性が限りなく高いそうだ。ゼロではないらしいけど……」

そう言って笑顔を作ったが、晶は言葉を失っていた。俺は構わずに「考察」を述べる。

「……俺はたぶん、母親だった人と、その不倫相手の子供なんだよ」

「そんな……」

「そして、その不倫男は俺を要らないと言った。母親だと思っていた女は不倫男に従って、最終的に親父が自分から貧乏くじを引いたって感じだな……」

俺なりの考察を淡々と言いながら、喉の奥と、胸の奥が苦しくなった。

この感情は憎しみや怒りとも違う。

これは、悔しさだ。

俺は、悔しいんだ。

親父と血が繋がっていないことが、俺を捨てた人間と血が繋がっていることが……。

メンデルの法則は血が通っていない、という皮肉――

血の繋がりなんてくだらないもの、という反発――

血が通っているかどうかが大事、という理想――

けっきょく、俺自身がなによりも血の繋がりにこだわってしまっている。

産みの親は、血が繋がってると知っていても俺を引き取らなかったのだろう。

育ての親は、血が繋がっていないと知っていても俺をここまで育ててきたのだろう。

……どうして、親父は俺を引き取ると決めたのか？

本当の子供ではないのに、憎むべき相手の子供なのに、よせばいいのに……。

どちらを親と呼ぶべきか、そんなことはわかりきっている。

俺にとっての親は真嶋太一《たいち》──俺の親父ただ一人だけだ。

「兄貴……」

「うん？」

「兄貴は誤解してる……。いっつも勘違いばっかり……」

「誤解？　勘違い？　なにを──」

「兄貴は貧乏くじなんかじゃないっ！」

晶が急に大きな声を上げるから、俺は驚いた。

「晶……」

「兄貴は本当に優しくて、素敵で、かっこよくて、たまに変なことを言ったりやったりするけど、それも全部ひっくるめて、僕は兄貴が大好きで、大好きで……そんな兄貴を育てたおじさんもいい人だなって思ってる！　ちゃんと親子だよ！　じゃなきゃこんなに兄貴のこと、好きにならなかったと思う！」

　叱るようにそう言った晶は、薄暗がりの中、涙を流していた。

「……なんで、お前が泣く？」

「あ……兄貴が、泣かないからっ……」

「昔はよく泣いたけどなぁ……」

「今泣いてよっ！　もうっ！　なんで僕が……ううっ……」

　俺は黙って晶の頭に手を置いた。撫《な》でてやると、晶はしゃくるように泣き始めた。

　そうしてどれくらい経《た》っただろうか。不意に晶が口を開いた。

「兄貴が、どうして家族にこだわってたか、わかった……」

「そっか」

「憧れてたんだよね？」

「……そうだ。俺は血の繋がりはなくても本当の家族になれると思いたかったんだ」

「もうなってるから安心して」

「……そっか。なら安心した」

「僕とはまだなってないけど……」

「は？　こんだけ距離が縮まったのに？　いや、さっきお前、仲のいい家族になったたって

「おい。俺をハメる気か？」

「そんなの、既成事実を作っちゃえば、あとは流れで――」

「怖いというか、親父《おやじ》と美由貴《みゆき》さんに、なんて説明すんだよ？」

「怖いの？」

呆《あき》れつつ、俺は笑顔で晶の頭を撫でた。

「お前、これでも足りないって、ほんと欲張りだよな～……」

俺は眼《め》を瞑《つむ》り、大きく、深く深呼吸をしてから、もう一度晶の潤んだ瞳を見つめた。

口元は笑っているが、目は真剣だ。きっと晶は本気なのだろう。

晶はまた俺の腕をぎゅっと抱きしめた。

「だから結婚しよ？　僕と家族になろ？　僕、兄貴と兄貴の赤ちゃん、一生大事にするよ？」

「足りないって――」

「まだ足りない」

……」

「兄貴は、僕が嫌いなの？」

「嫌いじゃないんだって。だから困ってるんだ」

「だったらはっきり言いなって。僕のことが好きだって」

「それは――」

――弟だと思っていたときとは違う、恋愛としての「好き」。

けれど、今それを言ってしまったら、なにかが終わる気がした。そのなにかが自分でも整理できないまま気持ちを伝えるのは、中途半端で、逃げているようで、真摯に向き合ってくれている晶に対して失礼な気がして……。

だから晶にはこう返しておいた。

「――わからない」

「わからないって……」

「俺は晶の兄貴でいたいんだと思う」

「そっか……。じゃあこれ以上無理には訊かない。でも……――」

晶の顔がさっきより近づいてきた。

顔を引きたくても、俺の腕はがっちりと押さえられている。

「だったら、このあと、どうする……？」

「ど、どうするとは……？」

「作っちゃう？　既成事実……」

その悪戯《いたずら》っぽい顔は、ずるい。

本当は自分だって恥ずかしいくせに、照れ隠しのくせに、怖いくせに……。

「……本当にいいのか、晶？　後悔しないか？」

「……うん、後悔なんてしないよ。兄貴だから……──」

晶は抱きしめている俺の腕をさらにぐっと自分の方に引き寄せた。

覚悟の上、同意の上。

その上になにがあるのか、俺も晶もよくわかっていた。

＊　＊　＊

気づけば窓の外の暗さは薄くなり、窓の外から雀《すずめ》の鳴く声が聞こえた。

けっきょく、あのあと一睡もできなかった。

俺は隣で子供のように寝息を立てる晶を見た。

静かにその頭に手を置き、指の間で髪をすくように頭を撫でる。心地がいいと見えて、晶の表情が少しだけ綻《ほころ》んだように見えた。

朝ぼらけの薄暗がりの中、晶の表情はよりいっそう光り輝いて見えた。

「晶……。俺、じつは……——」

たまらず、俺は晶の耳元でそのとき思ったことをつぶやいたが、晶はまだ夢の中にいるようで、なんだかくすぐったそうな表情を浮かべた。

良かった。俺の声は届いていないようだ。

俺のTシャツの袖を握ったまま、今、晶はどんな夢を見ているのか。

俺は頭を一つ掻《か》いて、また晶の横で寝顔を見ながら瞼《まぶた》を閉じた。


——で、けっきょく。

「「遅刻遅刻遅刻遅刻——————！」」


……こうなるわけだ。

俺と晶はすっかり寝過ごして、大慌てで家を出た。

＊＊＊

なんとか遅刻ギリギリに到着した俺たちは、昇降口で別れてそれぞれの教室に急いだ。

教室に入るとちょうどそこでチャイムが鳴る。晶もきっと間に合っただろう。

「よ、よお……」

俺が息を切らせて走ってきたせいか、いつもの仏頂面《ぶっちょうづら》が驚いた顔で俺を見た。

「はぁ……はぁ……はぁ……吐きそうだ……」

「じゃあ便所に行け」

光惺が言う通り、そうしたいのは山々だが、俺はぐっと喉の奥からこみ上げてきたものを飲み干して席に着いた。

「珍しいな、お前が遅刻ギリギリなんて……」

「ま、まあな……」

「ふーん……。なんか顔色悪いけど、どうした？」

「寝不足だ……」

「寝不足になるぐらいなにしてたんだ？」

「……教えない」

「あそう……。まあ、いいけど」

担任がやってきて話が中断した。

そのあとも光惺はそれ以上深く掘って訊いてこなかった。

相変わらずの無関心に俺はちょっとだけ感謝した。

＊　＊　＊

その日の昼休みのこと。

昼食を食べ終わると、例のごとくひなたが教室にやってきた。

「涼太先輩、ちょっといいですか？」

「今日はどうしたの？」

「えっと……」

「ん？」

「じつは、その～……」

ポニーテールが左右に揺れるくらい、ひなたは右へ左へと頭を振っていた。

どこか緊張しているように見えて落ち着かない様子だった。

「ど、どうしたの……」

俺がそう聞いても、「えっと、だから」とひなたはなかなか答えない。

なにか、言いづらいことなのかもしれないが、緊張のせいか、さっきからひなたは顔を赤くしていた。なんだかこっちまで緊張してくる。

もどかしい時間が流れ、ようやく――

「……うっぜぇ」

――光惺がキレた。

「おいひなたっ！　言いたいことがあんならはっきり言えっ！」

「ちょっとお兄ちゃん！　お兄ちゃんは関係ないでしょ⁉」

「毎日毎日二年の教室来てなにがしてぇんだお前！」

「だから今から言おうとしてるのに！　空気読んでよ！」

ここでまさかの兄妹喧嘩《きょうだいげんか》が勃発し、俺はそれとなく周囲を見回した。

美男美女兄妹の物珍しい口喧嘩《くちげんか》に周りは興味を示し、こちらに注目が集まっている。

「まあまあ、二人とも、落ち着きなって……」

「誰のせいだ！」「誰のせいですか！」

「えっ⁉　俺のせい⁉」

心当たりがなさすぎる。

一周回ってこれは俺もキレていいのではないかと思ったら、光惺が俺をギロリと睨《にら》んだ。

「……涼太、お前また忘れてるだろ？」

「え？　な、なにを？」

「飯だよ飯！　いつになったら奢《おご》るんだ⁉」

「……あ！」

そうだった。すっかり忘れてた。

けっきょくうやむやになっていたが、俺はまだ晶の部屋を片付けてもらったときのお礼ができていない。

「ひなたがいつ誘ってくれるかって毎日しつこく訊いてくんだよ！　お前なんとかしろ！」

「ま、毎日じゃないもん！　時々だもん時々！」

「だからそれがしつけぇーって言ってんの！　つーか俺じゃなくて直接こいつに言え！」

「だ、だからこうして今日来たんじゃん！　てかお兄ちゃんは関係ないんだから黙ってて！」

なるほど。これ、俺が原因だな。

つまり、ひなたは俺とその話がしたくて理由をつけてきていたのか。

ひなたは「奢って」とはなかなか言い出せないから、俺が思い出すのを待ってたようだ。

「ごめんごめん、そうだったね……」

「あ、無理にとかじゃないんです！　べつに無しでもいいですからっ！」

「ダメだ、今すぐ予定決めろ！　今すぐにだ！」

「だからお兄ちゃんは関係ないでしょ！」

「お前ら見てると腹が立って腹が立ってしゃーねーんだよ！」

「こ、光惺、落ちつこうか……。とりあえずひなたちゃんも冷静に……」

「誰のせいだ！」「誰のせいですか！」

「……俺のせいです。すみませんでした……」

この二人、本当は仲がいいんじゃないか、という兄妹喧嘩だった。

＊　＊　＊

その日の放課後、一度帰宅して着替えたあと俺は光惺とひなた、そして晶を連れて学校から少し離れたファミレスにやってきた。もちろん、上田《うえだ》兄妹のご機嫌取りを含めたお礼である。

それぞれに好きなものを注文し、しばらくしてテーブルに料理が並ぶ。他愛《たわい》ないことを話して、食べて、飲んでをしていると、上田兄妹の機嫌もすっかり良くなった。

晶はというと、以前よりもこの二人とは打ち解けたようだ。それでもやっぱり、普段通り家で過ごすように、とはいかない。

それでも多少の愛想笑《あいそわら》いもしながら、聞き役に回っていた。

少しずつでいいからそうやって誰にでも心を開いてほしいというのが、俺の願いでもある。

「涼太、ドリンク頼む」

「ん。なにがいい？」

「任せる」

「後悔するなよ？」

「……コーラで」

光惺のぶんのカップを持ってドリンクバーに来ると、うしろからひなたがついてきた。

「すみません、涼太先輩、急に……」

「ああ、いや、すっかり忘れていた俺が全部悪いんだし……」

「ところで涼太先輩」

「ん？　どうしたの？」

「なんか、雰囲気変わりました？」

「え？　そ、そうかな？」

「大人っぽくなったというか、なんというか……。余裕があるって感じで」

「そうかな？　べつにそうは思わないけど……」

「なんだか晶ちゃんも前より綺麗《きれい》になったし、家でなにかあったのかなぁって思って……」

さすが上田ひなた。鋭い。

「なにもないかな？　強《し》いて言えば、晶と少し距離が縮まったっていうか……」

「え!?　それってまさか……」

「あーいや、ひなたちゃんが想像してるのとたぶん違うと思う。お互いに本音で話したって感じ？　連れ子同士、いろいろと話をしただけだよ」

「そ、そうですか……」

ひなたはほっとした表情を見せ、今度は少し甘えた顔になった。

「あの、先輩……」

「ん？」

「また、一緒にご飯にでも行けたらいいなぁって思って」

「ああ、それはべつにいつでも。光惺は面倒臭がるだろうけど、晶も喜ぶだろうし」

「そ、そうじゃなくて……」

「え？」

ひなたの顔に火がついた。

「だから、今度は、二人で、どうですか⁉」

「え⁉」

俺の顔にも引火した。

＊＊＊

結城《ゆうき》学園前駅で上田兄妹と別れ、俺と晶は二人で帰った。

有栖《ありす》南駅の改札を通り、満天の星空の下、街灯と月明かりを頼りに俺と晶は並んで歩く。

すると俺の左手の甲がつねられた。隣を歩く晶の仕業である。

「晶、痛いんだが……」

「ひなたちゃんに鼻の下を伸ばした罰」

「仕方ないだろ？　食事に誘われたんだし……」

あのときの一部始終を遠目で見ていたらしく、俺は電車の中で問い詰められていた。

「もしかして嫉妬か？」

「……嫉妬。ひなたちゃんと付き合ったら、兄貴、僕のこと構ってくれなくなるだろ？」

「いやいや構うよ。構う構う」

笑顔を見せた晶は、すっかり「お家《うち》モード」になっていた。

「でも、食事には行くんだろ？」

「さて、それはどうかな？」

「……行ってやりなよ。食事までなら許す！」

「もしかして、彼女でもないのに彼女ヅラか？」

「違うって。未来の嫁の度量の広さを見せてるの」

「俺、お前と結婚したら尻に敷かれそうだな……」

「もうぺったんこになるくらい敷いてやるから」

そんな軽口を叩《たた》きあっていると、不意に晶が真面目な顔をした。

「昨日の晩さ……」

「あ、うん……」

瞬時に思い出して俺は赤面した。

「――兄貴、よく耐えたよね？」

「ああ。あのあと自分で自分を褒めちぎったよ……」

そう。

俺たちはあのあとけっきょくなにもなかった。

あのまま流れに身を任せたら、いずれ後悔するだろうと俺は晶を納得させて、ただ一緒に寝るだけに踏みとどまったのだ。

ただ、よくよく考えてみれば、一晩一緒に寝ただけでも既成事実が成立しそうな気もするが、そのあたりはどうなんだろうと少し疑問が残った。

「すっごい頑張ったのになぁ～……」

「それについては、ただただ申し訳ないとしか言いようがない……。あと、今晩はちゃんと寝かせてくれ……」

「じゃあ今晩だけは夜這《よば》いしないであげる」

「いや、明日からもやめてくれ……」

それを聞いたら明日から余計に眠れない。まあ、それはいいとして。

「晶はいいのか？　俺たち、とりあえずこのままで……」

「うん。とりあえず僕の気持ちは伝えたし、あとは兄貴次第かな？」

俺たちは互いのこと、周りのことを考え、恋人でも夫婦でもなく、今まで通り、ただの仲の良《い》い兄妹になることで落ち着いた。

しかし、晶はそれで本当に納得しているのか今日一日ずっと気になっていた。

「関係がはっきりしないのはなんだかなぁって思うけど、けっきょく兄貴は僕のところに落ち着くと思う……って願望？」

「そういうの、都合のいい女って思われないか？」

「兄貴にとって都合のいい女ならべつに」

「グッとくるけどまだ足りないな。……というか、そのセリフ、絶対に他で言うなよ？人聞きが悪すぎるからな、それ……」

するとは晶はなにかを思い出したように、にへらっと笑った。

「なにがおかしいんだよ？」

「ねぇ、兄貴にとって僕は弟？　それとも妹？　たまには妹だって思い出してほしいな━━」

「思い出すもなにも、妹だと思ってるぞ？」

「本当に？　ちゃんと女の子として見てくれてるの？」

「もちろん━━」

一方で、やっぱり晶は俺にとって弟みたいな存在だ。

俺に対して無防備で、弟みたいに距離が近い義妹《いもうと》……。

たまにどう扱っていいのかわからなくなるけれど、一緒に漫画を読んだり、ゲームをしたり、いろいろなことを話したり……。

一緒にいると、楽しくて心が満たされていく。

そんな晶を「弟だったら」「妹だから」と色眼鏡で見ないと俺は決めた。

晶は晶だ。

俺のたった一人の、弟みたいな、大事な義妹《いもうと》。

なんだか変な表現だけれど、俺は晶とのこの関係をこれからも大切にしていきたい。

「――弟だろうが妹だろうが、晶のことはこれからも大事にするつもりだから。なにかあればいつでも兄貴の俺に頼れよ？」

「なんかすごい引っかかる言い方……。でも、まあいっか。――とりあえず、今朝兄貴に言われた言葉が嬉《うれ》しかったから今はそれで満足しておくよ」

「今朝って電車の中？　俺、なんか言ったっけ……？」

「え？　覚えてないの？」

思い当たる節はないと思っていたが――

「僕の耳元で、『俺、じつは』って」

「…………え？」

俺はすっかり青ざめた。

「寝てるときに言うなんてずるい。ああいうのは、ちゃんと起きてから言ってよ」

にやにやとする晶に対し、俺はひどく狼狽《うろた》えていた。

「ちょ、ちょっと待て晶、それって……――」

まさか、晶はあのとき寝ていたはず。寝ていたが、聞こえていた……。

つまり――

「うん。僕、あのとき寝たふりしてた」

「なっ――⁉」

「正確には兄貴が頭を撫《な》でてくれて目が覚めたんだ。そしたら兄貴の顔がすぐそばに近づいてきて『じつは』って……。兄貴、もっかいあのときの言葉、言ってくれる？」

「っ――⁉」

「本当はキュンキュンしてキャァアアア――って叫びたかった……ってあれ？　兄貴どうしたの？　ちょっ先に行くなって！　置いていかないでよ兄貴ぃ――！」

俺は、つくづくアホだ。

黒歴史を増やしてどうする？

ちょっと映画とかドラマのシチュエーションに憧れてやってみただけだ。

……いやいや、ないって。ないない。

いかに徹夜明けのテンションだからって、さすがにあれはない。

もちろん、あれは本心からだが、それにしたって起きていたならそう言ってほしかった。

しかもあれを全部聞かれたとなると……――

「おーい兄貴ぃー！　照れてるなら僕が全部言ってもいい――――？　兄貴あのとき――」

「いらんっ！　忘れろ――――！」

――とにかく晶。

お前は義理の弟じゃなくて、

義妹《いもうと》で、

女の子で、

可愛《かわい》すぎて、

とにかく困る……。

9 SEPTEMBER

9月17日（金）

この2日間、書くことが色々ありすぎてまとまらない。

そのうち思い出すたびに書こうと思う。

1つだけ、兄貴からいただいたステキな言葉を書いておこう。

……と、思ったけど、本当は聞こえていなかったりする。

あのときは寝ぼけてたし、耳元でくすぐったかったから

「じつは」の続きがなにも聞こえていなかった。残念……。

でも、カマをかけてみたら兄貴は真っ赤になって私を置いて帰ろうとした。

ふふふ。つまり、聞かれたら恥ずかしい言葉ってことだよね？

「じつは」の続きはなんだろ？　妄想しちゃってニヤニヤが止まらない！

ぜったい、もう一度兄貴からあのセリフを言わせてみせる！

覚悟してね、兄貴！

あとがき

初めまして、白井《しらい》ムクと申します。滋賀県甲賀《こうか》市にて執筆活動を行っています。

本作は、YouTubeチャンネル『カノンの恋愛漫画』にて白井が脚本を書いた漫画動画を小説化したものです。まさか無名の新人作家の自分がこうして書籍化のお話を頂けるなど思いもしておらず、大変光栄で嬉《うれ》しい限りです。

本作の執筆にあたり、映像作品には映像作品の、小説には小説の楽しみ方があるように、小説としての面白さを追求することが大事だという結論に至りました。漫画動画とはまた違った角度で執筆を開始し、特に、登場人物一人一人の個性や葛藤、人間関係などを掘り下げて書いてみました。

一方で、白井にとっては「文章が漫画動画を超えられるか」という挑戦でもありました。

特に、晶《あきら》の人間性には試行錯誤しました。

弟のように元気で親しみやすいボーイッシュな側面がありつつも、可愛《かわい》くて、健気《けなげ》で、無防備で、ガーリーな本質を兼ね備える——そんな晶のキャラクター性を生み出すために、担当編集の竹林様と試行錯誤を重ね、ようやく納得のいくものになったかと思います。

いや、まだ道半ばでしょうか。これからさらに可愛くなっていく晶を描きたいと思っておりますので、ぜひお知り合いの方に本作をご紹介いただけたら幸いです。

ところでお気づきになった方もいらっしゃるかと存じますが、普段会話をする晶は「僕」、日記の中では「私」と人称が変わっています（ちなみにＹｏｕＴｕｂｅ版は「俺」です）。

それに伴って、涼太《りょうた》との日常を綴《つづ》った赤裸々な日記の内容、本心も可愛らしく表現してみました。涼太とのやりとりを楽しみつつ、晶の心情の変化もお楽しみいただけたらと存じます。

漫画動画を観《み》ていただいた方も、そうでない方も、楽しんで頂けたら幸いです。


本作が世に生み出されるにあたっては、多くの方のご支援を賜りました。

担当編集の竹林様。お忙しい中、本当に何度も長時間の打ち合わせにお付き合い頂きまして、ありがとうございました。おかげさまで、本作に前向きに、真剣に打ち込むことができました。また、富士見《ふじみ》ファンタジア文庫編集部の皆様並びに出版業界の皆様にも厚く御礼申し上げます。

イラストレーターの千種《ちぐさ》みのり様。白井の拙文では表現しきれなかった晶の魅力を十二分に引き出していただきました。クールな晶、可愛い晶を見事に描き分けて頂けたこと、著者として心より感謝しております。今後も一緒にお仕事ができたら幸いです。

また、ＹｏｕＴｕｂｅ版で漫画を描いていただいた寿帆《ひさほ》様。白井の稚拙なシナリオを素敵な漫画に仕上げていただき、感謝してもしきれない思いでいっぱいです。

結城《ゆうき》カノン様。全ての始まりは貴女《あなた》との出会いからです。いつも温かな言葉をかけてくださり、本当に感謝しています。今後ともよろしくお願い致します。

執筆を支えてくれた家族のみんな。今の白井があるのはみんなのおかげです。温かい食事にお風呂《ふろ》に洗濯に……細やかな気遣いにはいつも感謝しています。ありがとう。これからもよろしくね。

そして、本作を手に取ってくださった読者の皆様。心より感謝申し上げます。『カノンの恋愛漫画』を観たことのある方も、そうでない方も、今後とも結城カノン様とお友達になっていただけると嬉しいです。

本作に携わった全ての方のご多幸をお祈りしております。

滋賀県甲賀市より愛を込めて。

白井ムク

お便りはこちらまで

〒一〇二－八一七七
ファンタジア文庫編集部気付
白井ムク（様）宛
千種みのり（様）宛

富士見ファンタジア文庫

じつは義妹《いもうと》でした。
～最近《さいきん》できた義理《ぎり》の弟《おとうと》の距離感《きょりかん》がやたら近《ちか》いわけ～

令和３年11月20日　初版発行
令和４年10月５日　７版発行

著者――白井《しらい》ムク

発行者――青柳昌行
発　行――株式会社KADOKAWA
〒102-8177
東京都千代田区富士見2-13-3
0570-002-301（ナビダイヤル）
印刷所――株式会社KADOKAWA
製本所――株式会社KADOKAWA

※定価はカバーに表示してあります。
●お問い合わせ
https://www.kadokawa.co.jp/（「お問い合わせ」へお進みください）
※内容によっては、お答えできない場合があります。
※サポートは日本国内のみとさせていただきます。
※Japanese text only

ISBN978-4-04-074293-9 C0193 ◆◇◇